シオドア=ドライサー

シオドア＝ドライサー

●人と思想

岩元　巌　著

154

CenturyBooks　清水書院

はしがき

アメリカ文学の歴史を振り返ってみて、シオドア＝ドライサーほどアメリカの特質をそなえた作家はいなかったのではないだろうか、と私は考えている。

二十世紀の中葉から文学研究の傾向が変わり、洗練さと技巧を売り物とした文学への関心が高まるにつれ、自然主義リアリズムを実践してきたドライサーは比較的に軽んじられたが、近年になって、再び注目を集めてきた。それは彼が十九世紀のアメリカ文学嗜好に大きな転機をもたらした作家であるという理由もさることながら、貧しい移民の子として生まれ、ほとんど自学自習で成功を何物よりも強く求めて悪戦苦闘しながら、ついにアメリカを代表する作家の地位をわが手にした人だったからである。いわゆる「アメリカの夢」を文字通り生きてきた作家であることが再認識され、ドライサーがこれまで非難されてきた彼自身の中にある思考の矛盾さえ、今日では非常にアメリカ的と考えられるようになった。

この再評価のきっかけを作ったのは、本文中で記すように、リチャード＝リンガマンの手に成る厖大な伝記（二巻本）の刊行だった。第一巻が一九八六年に、第二巻が一九九〇年に出版された。

これは一般的な読物としても好評であったが、同時に従来これほど詳細にドライサーの人生とその業績を可能な限りの資料をつくしてとらえようとした本はなかった。ドライサーがアメリカの大衆の一人として、十九世紀末から二十世紀の前半、いわゆるアメリカの近代を形成していく過程に参画し、苦悩し、成功し、そしてオピニオンリーダーとなったことがよく書き表されていた。これによって、ドライサー研究と彼の業績についての再評価に弾みがついたと言うべきである。

それに加えて、二〇〇〇年の十一月はドライサーの小説家としてのデビュー作であり、かつ発刊時に「不道徳」の誹りを受け、論議を巻きおこした『シスター・キャリー』の刊行百年に当っていた。現在の読者からすれば、なぜこの名作が当時のアメリカ読書界に受け入れられなかったのか不思議なくらいだが、それだけにこの作品の刊行は文学史的にも、またアメリカ人の〈感情構造〉に変化をもたらしたという点でも意義があったはずである。後に、ドライサーの友人であり、二十世紀を代表するアメリカの批評家のH＝L＝メンケンが述べたように、「今世紀（二十世紀）のアメリカ小説の発展に最も重要な人物」と、ドライサーを称する理由をこの作品が作っていると言ってよい。

現在ドライサーにかかわる文書（原稿、日記、手紙類）を所蔵するペンシルヴァニア大学で、賑々しく『シスター・キャリー』刊行百年祭が行われ、内外のドライサー研究者をはじめ、今も存命中の縁者も集まったそうであるが、これもまたこれからのドライサーへの関心を集める刺戟となった。

わが国でも、村山淳彦氏の新訳で『シスター・キャリー』（岩波文庫、上下巻、一九九七年刊）が出版され、若い読者にも入手できるようになっている。また、大浦暁生氏の監修で『「シスター・キャリー」の現在』（中央大学出版部、一九九九年刊）が出版され、百年祭を意識して、若手研究者の論文を収録している。

このように、アメリカはもちろん、わが国でもドライサーへの関心は復活しつつある。だが、残念なことに、最近では日本語で彼の作品を読むことが難しくなっている。かつては長編、短編とかなり多くの作品が（巻末の参考文献で示す）翻訳出版されていたが、そのほとんど全てが絶版で、入手困難の状況にある。すでに述べた岩波文庫の『シスター・キャリー』が唯一入手できるものとなっている。また『アメリカの悲劇』は、かつて宮本陽吉氏訳で集英社刊行の「世界文学全集」（六十三、六十四巻、一九七八年刊）に収録されていたので、図書館などではどこでも所蔵しているはずである。

私自身は学生時代にアメリカ文学史の講義の中で『アメリカの悲劇』を知り、当時は新潮文庫（大久保康雄訳）で入手できたので、それを読み、感動したものである。後にアメリカ文学の研究者としてまだ駈け出しの頃、恩師であり、ドライサー研究をされていた高村勝治先生のご推輓により、研究社が企画した「20世紀英米文学案内」の十一巻『ドライサー』に加わらせていただいた。その時、『アメリカの悲劇』を担当したのが、本格的にドライサーを論ずる端緒を作ってくれた。以後、実は専門分野としては第二次大戦後のアメリカ小説に長くかかわっていたが、リンガマンの伝記をきっかけに、再びドライサーへの興味がかきたてられた。それも、すでに書いたように、ドライサーの作品を読めば読むほど、アメリカの特性をそこに感じてしまうからだった。読者の皆さんも、この小さな拙著から、ドライサーという作家を通じて、アメリカというものを感じてくださると幸いと思っている。

二〇〇二年一月

岩元　巌

シオドア＝ドライサー　目次

II　シオドア＝ドライサーの作品と思想

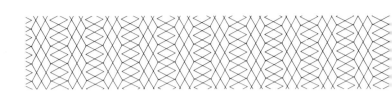

ドライサー関連地図

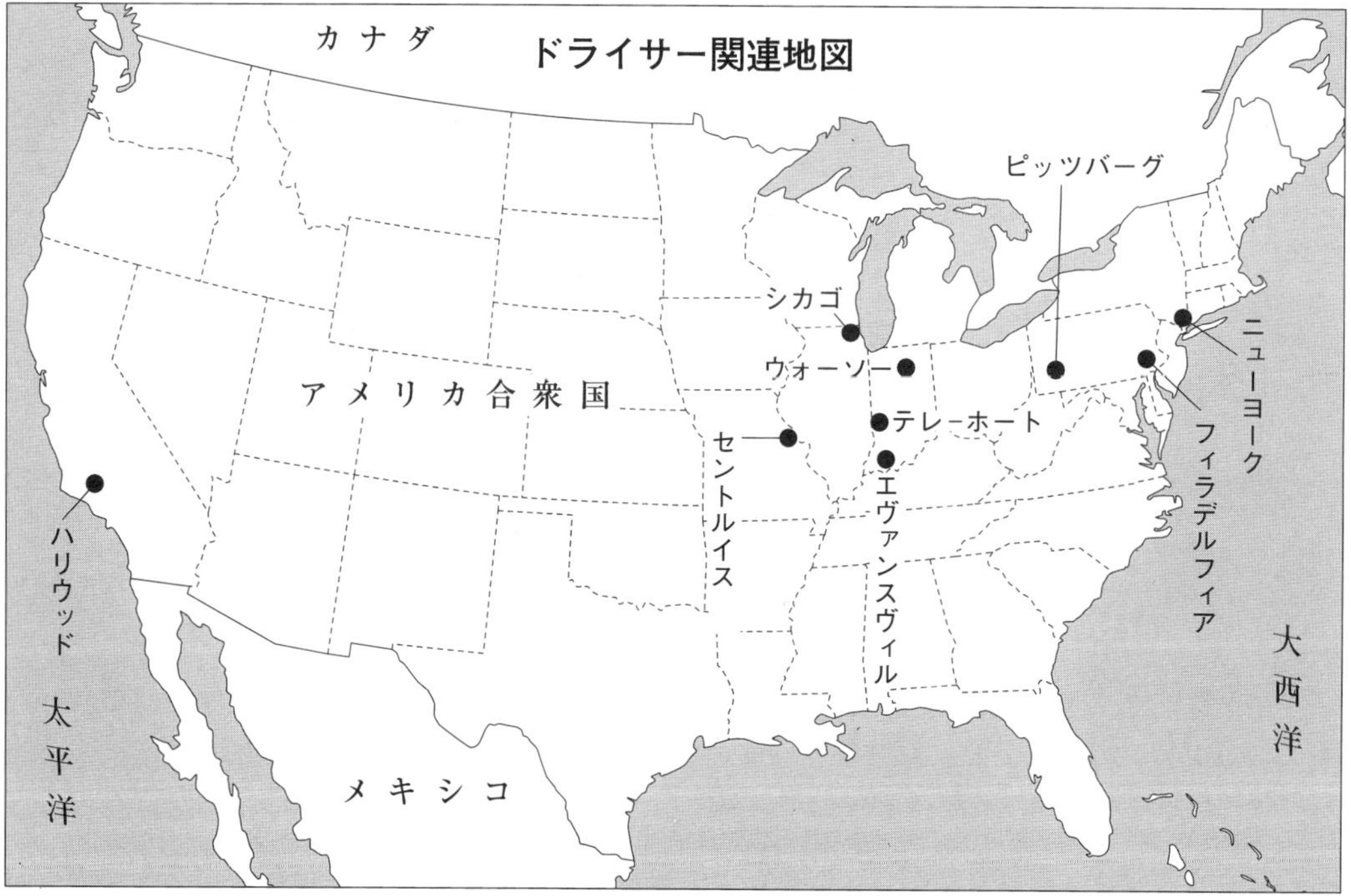
カナダ
アメリカ合衆国
メキシコ
太平洋
大西洋
ハリウッド
シカゴ
ウォーソー
テレーホート
セントルイス
エヴァンスヴィル
ピッツバーグ
フィラデルフィア
ニューヨーク

I

シオドア＝ドライサーの生涯

——成功の夢を追い続けた男——

一　貧しい移民の子

巨匠の誕生

後にアメリカ自然主義文学の巨匠となるハーマン＝シオドア＝ドライサーは、インディアナ州テレ－ホートの町で一八七一年八月二十七日に生まれた。

父親のポール＝ドライサーはドイツ東北部のマイエンというフランス国境に近い町の出身で、羊毛の製糸・織物の技術をもつ職人であり、一八四四年に兵役を逃れてアメリカへ渡ってきた移民だった。当時の移民者の大半がしたように、最初はニューイングランド地域で働いていたが、やがて機会を求めて西へ西へと移動し、オハイオ州を経てインディアナ州へ移っていった男だった。彼は一時期、州東部の町、フォート－ウェインで働いていたが、その頃シオドアの母親となるセアラ＝シャーナブという娘と出会い、駈け落ち同然で結婚し、テレ－ホートに新しくできた織物工場に招かれていった。

二人が結婚したのは一八五一年の一月、そして州西端の町、テレ－ホートに移ったのは五三年のことである。ポールは熟練の技術者として好遇されたし、特に六一年に南北戦争が始まるにおよび、軍服の需要が急増し、織物業界は好況となり、彼の仕事は順調となった。さらに、テレ－ホートの南にあったサリヴァンという町に新しい織物工場ができると、彼はその協同経営者として招かれるまでになった。

しかし、南北戦争が終わるとともに、アメリカの産業形態が変わってきた。製糸や織物が東部の機械による工場へと中心が移っていき、ポールのような職人芸をあまり必要としない時代となってきた。そのような時、ポールの工場は火事になり、その後工場の事故で彼は大怪我をし、事業も失敗、ドライサー一家は急激に貧しくなっていった。

ポールは怪我の後遺症と事業の失敗から、完全に気力を失ってしまう。一家はサリヴァンを引き払い、再びテレ＝ホートに家を買い求め、移り住んだ。一八七一年のことである。この年、シオドアが生まれるのだが、すでに上に三人の兄、五人の姉がいる大家族だった。二年後には末っ子のエドが生まれているから、シオドアは十人の子供たち（実際は十三人だったが、最初の三人は生まれると間もなく死んでいる）の下から二番め、ドライサー家としては四人めの男の子ということになる。

ドライサー自身、『夜明け』という自伝を一九三一年に出版し、自分が貧しいドイツ系移民の子として生まれたことを書き、詳しい年代こそ示さなかったが、かなり克明に父母のこと、兄や姉たちのことを記している。だが、今日ではリチャード＝リンガマンという伝記作者が書いた『シオドア・ドライサー』全二巻（第一巻『都市の人口にて』、第二巻『アメリカの旅』）が一九九〇年に完結し、これによって実に詳しくドライサーの生涯を知ることができるようになった。私たちも、自伝とリンガマン氏の伝記を参考にしながら、作家の成長を辿っていくことにする。

母さん子

シオドアは生まれつきひ弱な子供だった。長女のメイム（本名をマリア＝フランチェスカといい、シオドアより十歳年上）によると、「やせっぽっちで、骨と皮ばかりのような赤ん坊で、いつもピーピー泣いてばかりいた」とのことである。そのせいか、幼年時代は常に母親につきまとい、母のスカートの陰に隠れたり、その裾をつかんで放さない甘えん坊だった。また、母親も他の子供たちとは違うシオドアの繊細さを愛し、彼の才能を見抜き、貧しい生活の中でも彼だけは特別扱いにして育てている。

成長したシオドアが後に父の印象をかなり厳しく批判的に語り、母の印象を外形的にも精神的にも最高の女性として語るのは、おそらくこの幼児期の影響であるかもしれない。また作家としてのドライサーは、代表作の『ジェニー・ゲアハート』や『アメリカの悲劇』に自分の父と母をモデルにしたような人物たちを登場させるが、そこでも父親は頑固一徹、信仰にこりかたまった無能な男となり、母親は大家族の中心として、創意工夫に富み、極貧に苦しむ一家を経済的に支え、現実に柔軟に対応する頼りがいのある女性となっている。

では実際にはどうだったのだろうか。シオドアの成長を追うまえに、まず彼の父母の現実の姿を見てみよう。

父と母の実像

父親ポール

父親の正式の名前はジョン＝ポールといい、マイエンの地域に古くから住んでいたドライサー一族の流れをくむヨハン＝ドライサーという農夫の息子として、一八二一年に生まれている。

このヨハンなる人物は生涯に三人の妻をもち、二十二人の子供をもうけたという今日では考えられないような精力家である。敬虔なカトリック教徒で、剛直な農夫だった。当時父親の土地を継ぐのは長男だけだったから、ポールはその地域の特産だった羊毛の製糸・織物の徒弟に出され、やがて職人となった。技術はたしかだったが、当時の若者の義務であった兵役につくことを嫌い、一八四四年にアメリカへ向かう船に乗り、新天地を求めた。

若きポールは、後にシオドアが語る印象と違って、野心に満ち、情熱的な若者だった。アメリカに着くと、しばらくマサチューセッツ州で働いた後、オハイオ州ミドルタウンに移り、そこでエリスという男の織物工場の職人となった。エリスは技術の優れているポールを大切にし、一八五三年にインディアナ州テレ＝ホートに新工場を建設した折、ポールを呼びよせた。

この時、ポールはすでにセアラと結婚していた。彼女は一八三三年の生まれであるから、ポールと結婚したのは十八歳の時である。しかも、彼女が素朴で、厳しい戒律を守るメノー派の人々の村に育った娘であることを考えると、ポールもセアラもおそらく激しい恋に落ちた結果の駈け落ちだったろう、と推測することができる。最初の三人の子供は次々に生まれるとすぐに死んだが、一八五七年に生まれた男の子は元気に育った。これが長男のジョン＝ポール二世であり、後にポピュラー音楽の作詩・作曲家として大成功したポール＝ドレッサーである。この長男が生まれてからおよそ十年間が一家繁栄の時期だった。

転落のかげり

エリスの工場の職長となったポールは、南北戦争のもたらした好景気のおかげで貯えもでき、仕事も生活も順調だった。その上、エリスがテレ‐ホートの南の地、サリヴァンに新しい工場を建設し、それをジュエット兄弟という織物業については素人《しろうと》に売ったため、この兄弟はポールを工場長に迎えることとした。ドライサー一家は華々しくサリヴァンへ引っ越した。一八六三年のことである。

だが、この頃からポールの人生にかげりが出てくる。翌年、新しい工場が火事となり、六六年にジュエット兄弟は工場の再建にとりかかるが、工場長として工事の監督をしていたポールは事故で大怪我をし、病床につくことになった。六七年に傷のいえたポールは復帰し、ジュエット兄弟に頼まれ、協同経営者となるが、この時すでに会社の経済状態はおかしくなっていた。

ポールは事故の後遺症のせいか、あるいはすでに四十代の半ばにさしかかっていたせいか、気力を失い、かつての精力的で野心に満ちた若者ではなくなっていた。転落は彼に急速にやってきた。六九年にジュエット兄弟は一方的に協同経営の契約を破棄し、工場をローズという男に売り渡してしまう。翌年、ローズは経営不振のたて直しに再びポールを雇うが、時代の変化には勝てず、七一年に工場を売却し、ポールを解雇した。

ドライサー一家はテレ‐ホートに引きあげた。ポールは残った貯金千二百ドルをはたいて家を買ったが、精神的にも不安定となり、ひたすら頑固で、カトリック教への信仰を守る無能な初老の男と化していた。本来の職を失った彼は、何でも引き受ける便利屋としてわずかな日銭を稼いでいたが、一家の柱は、自宅を下宿屋に改造した母親のセアラが担うことになった。そして、シオドアが生まれる。

大不況の下で

後にシオドアが『資産家』（一九一二年）の中でも書いているが、一八七三年にニューヨークの投資会社ジェイ‐クック‐バンキングの倒産をきっかけに、アメリカ全土に大不況の波が押し寄せた。翌年には、六千もの企業倒産が記録されているほどである。テレーホートもその余波を受けていたが、それに追いうちをかけるように一八七五年に大洪水にみまわれ、経済不況は最悪の状態になった。セアラはひたすら家計のやりくりに奔走したが、ポールは何もしなかった。シオドアは物心つく頃から、この父親を見て育った。一家は極貧の生活に沈み、しかも子供たちのうち、年上の者から次々に家を離れていくようになり、ドライサー一家の離散が始まった。

セアラも夫ポールに不信を強めた。というのも、貧しくなった今も、彼は子供たちをカトリック教育を施す私立校に通わせることを頑固に主張したからである。ついに、七九年に彼女はシオドアを含む年下の三人の子を連れ、サリヴァンの町に引っ越し、友人のバルガー家の援助を得て、下宿屋を開くとともに、洗濯物を引き受けて暮らした。生活はますます苦しく、シオドアは当時靴もはかずに学校に通ったと後に回想している。

本との出会い

サリヴァンの公立学校に通い始めたシオドアは、すでに低学年の頃から本を読む喜びを味わうことになった。たまたま自分の家に本の行商をする下宿人がいて、シオドアが彼の見せる本に強い興味を示すのを見て、セアラが一冊を買い与えたことから、それは始まった。まだ、小学校の二年生だったが、シオドアは貧しい生活の中で将来の成功を育む芽のようなものを見いだしかけていたことになる。

しかし、セアラと三人の子供たちのサリヴァンでの生活はいよいよひどい状態になっていた。八二年の冬には、ほとんど食べる物にも事かき、暖房用の石炭さえ買えない生活となった。その頃の状態をシオドアは後に『ジェニー・ゲアハート』（一九一一年）の前半で実に丹念に描いている。彼らの危機を救ったのは長兄のポールだった。二月のある日。彼はたくさんの食糧を抱えて、一家を訪れてきた。彼は作詩・作曲家として名を出し始めて、経済的援助を母に申しでたのである。

長兄ポール

ポールはシオドアより十三も年上だが、後にも彼を危機から救ってくれたいわば父親代わりの男である。彼は七二年に父親から神父になるようにと、神学校へやられた。しかし、音楽の才能に恵まれていた彼は神学校の生活に耐えられず、二年後に逃げだし、レモン－ブラザーズというミンストレル－ショー（十九世紀前半から二十世紀前半までアメリカで流行した演芸。黒人に扮した白人芸人が歌や踊り、かけあい漫才をやる）の一座に加わった。そこで、彼は作詩・作曲の技術を身につけ、後にはニューヨークで活躍し、一時代を画したソングライターとして大成功を収めている。

しかし、一家を救ってくれた時のポールはまだ駆けだしで、オハイオ川に面したエヴァンズヴィルという都市で、サリー＝ウォーカーという高級娼家の経営者の若い愛人となっていた。この二人の関係は、その後別れたりくっついたりして、ポールが有名となったニューヨーク時代まで続いている。

この年の春、セアラと三人の子供たちは、ポールのすすめるままエヴァンズヴィルへ移り、経済的にはサリーの世話になって暮らすことになった。シオドアにとっては最も幸福な少年時代だった。ただ、父のポールがやってきて、弟のエドと一緒にカトリック系の私立学校へ強引に入れられたが、これが父母の間で喧嘩の種にはなったのが少年の心を傷つけはした。

この頃、シオドアはすっかり読書のとりこになっている。サリーの家にあった本を彼は手当たり次第に読んだ。それは、イギリスの詩人、トマス＝グレイの『悲歌』からアメリカの成功物語を書いたホレイショ＝アルジャーの作品にまで及んでいた。それどころか、サリーの娼家の女たちが気晴らしに買ってきたいわゆる「通俗小説《ダイム・ノヴェル》」まで読んでいた。まさに濫読だが、これがシオドアの教育だった。

シカゴへ

オハイオ川に臨む美しい中都市、エヴァンズヴィルでの幸せな少年時代はそう長続きはしなかった。ポールがサリーと仲違いをしたからである。ポールは女性関係の激しい男で、サリーの雇っていた女たちにも何度か手をだし、二人の間にはいさかいがおこっていたが、彼が町のれっきとした家の人妻と情事をおこすに及んで、サリーも腹を立て、彼を家から追いだしてしまった。ポールは町にきていたミンストレル‐ショーの一座にすぐさま加わると、ニューヨークに行ってしまった。彼はそこでナイトクラブの歌手としてデビューし、やがて後の大成功を手にする一歩を踏みだしたのである。

しかし、残されたセアラと三人の子供たちはそのままサリーの厄介になっているわけにはいかなかった。セアラは上の娘や息子たちのいるシカゴへいく決心をした。

一八八四年のことである。シカゴは一八七一年の大火から完全に復興し、中西部の産業と商業の中心地として大発展を遂げようとしていた。一八七〇年から九〇年までのわずか二十年の間に、人口が三十六万八千から百三十万人へとほぼ五倍にも増えた時代のことである。人々は競ってこの新しい都会に流入し、成功の機会を求めた。

母親セアラ

セアラは次男のロームや長女のメイムなどから、シカゴの活況はよく聞かされていたので、家族の者が力を集めて暮らせば、必ず良い生活ができると考えた。しかし、テレ‐ホートで一人暮らしをしていた父親のポールは反対だった。彼はもう六十二歳になっており、新天地を求める気力を失っていた。

セアラは夫をテレ‐ホートにおいたまま、シカゴに出た。西マディソン街にある六部屋のアパートに居を定め、家族の者の力を集めて暮らそうとしたが、必ずしも彼女の思うように順調には生活が成り立っていかなかった。シオドアとエドは新聞売子をして家計を援《たす》けたが、ロームは生来遊び人の気質があり、姉たちは派手な都会生活に溺れ、それぞれかなり年上の男たちの世話になって暮らし、母を援助することもしなかった。

結局セアラは、家賃や買い入れた家具の支払いもとどこおるようになり、シカゴを引き揚げざるをえなくなった。彼女は、インディアナ州北端にある湖の多いリゾート地のウォーソーの町へ越すことに決めた。そこには、彼女の兄弟や妹たちが移り住んでいたという縁があってのことだった。

ウォーソーでの思春期

当時のウォーソーは人口三千三百ばかりの町だった。周辺には小さな湖が点在し、特に町の端に大きなセンター湖があり、そこにはヨットが浮かび優雅な風景を見せていた。

セアラは夫のポールと長男のポールからわずかな仕送りを受けながら、三人の子供たちを公立学校に入れ、比較的に安定した生活を始めた。シオドアは七年生（中学一年に相当する）のクラスに入り、メイ＝カルヴァートという若い国語の先生に教わり、先生に恋をしてしまう。先生もシオドアを特別に目をかけ、彼の弱点だった文法をよく教えてくれた。シオドアが始めて学業に興味を覚えた時であり、次第に成績も向上していった。

カルヴァート先生のすすめで、シオドアは町の公立図書館に通うようになった。ホーソーンの『緋文字』や、ジェイムズ＝フェニモア＝クーパーの辺境小説、ロングフェローやブライアントやポーの詩などを知り、本格的な文学少年になっていった。また、彼はロマンチックな通俗小説もたくさん読んでいる。本であれば何でもよかったのかもしれない。しかし、将来作家になりたいという願望を初めて抱いた時期である。

シオドアはまた同時に性にも目覚めてきた。十三歳になっていた彼はギャヴィンというませた同級生の話す町の少女たちの噂に耳を傾けたり、タイツ姿の女優の写真に興味をそそられたりするようになった。彼は成人になってからも、人一倍に性欲の強い男であることを認めているが、この頃、自分の欲情に自らを恥じるほど悩んだ。

シオドアはマートル＝ワイマーという娘に片思いの恋をした。良家の娘であったマートルはいかにも純真そうな少女で、一度だけあるパーティの席でシオドアは彼女の隣に座るチャンスがあったが、口もきけないほどにかたくなった。一方、彼は非常にませたキャリー＝タトルという娘にも気をひかれていたし、また奔放で評判だったパン屋の娘にも誘惑されたことがあった。

しかし、シオドアはウォーソーの町のいわゆる社交の輪の中には入っていくことができなかった。家が貧しいこともあったが、彼自身、自分を過度に低く評価していたからだった。生来の斜視であったし、それほどハンサムでもなく、顔にニキビのいっぱい吹きでた人気のない少年であると自認していた。その上、抑圧した性欲の感情と過度の自慰行為により、彼の心は痛めつけられており、一時的にノイローゼになるほどだった。

家族の汚名

シオドアの心を傷つけたのは、思春期にありがちな個人的な悩みだけではなかった。家族の厄介者と今はなっている次兄のロームが、この頃いかにも不良青年然として家に戻ってきた。

それに追い討ちをかけるように、姉のエマとシルヴィアが都会の派手な装いで家に帰ってき、町の遊蕩児たちと遊びまわり、人々の眉をひそめさせた。

さらに、シカゴに帰らされたエマがホプキンズという中年の妻帯者と関係を持ち、ホプキンズが雇い主の金庫の金を持ち逃げしたりして、新聞種となった。新聞では本名は使われなかったが、刑事がエマの所在を訊ねるために町へやってき、セアラの家を訪ねたりしたので、スキャンダルはすぐに町じゅうに広まり、ドライサー家の評判はいよいよ地におちた。

フィールディング先生

この時、シオドアはもう十五歳になっていたが、ますます孤独だった。父親の頑な宗教心を拒否し、姉たちの次々におこす不行跡にとまどい、自らの思春期の悩みも解決できないシオドアは書物の世界にこもるか、一人で散歩するか、あるいは木陰に吊したハンモックに寝そべり、ぼんやりと空を眺めるだけだった。

唯一の救いは学校だった。高校に入ってから国語を習うことになったフィールディング先生という女性教師がシオドアの文才に注目してくれた。彼女自身、貧しい家の出で、苦学をして高校教師になったという、魅力的な女性だった。彼女は、町の噂など気にせず、しっかり勉強して才能を伸ばし、やがて世に出て成功するようにと、シオドアをはげました。

シオドアの心は先生に勇気づけられ、次第に遠い未来へ向けられるようになった。いつかはこの町を出、金を得て、成功し、たえずびくびくし自分を恥じる惨めな状態から必ず脱けだすぞ、と心に決めるようになった。

一人シカゴ目指して

一八八七年の夏、十六歳の誕生日を目前にした頃、シオドアは新聞の日曜版でシカゴの活況を伝える特集記事を読んだ。都会へいってしまえば、誰もくだらぬ噂話など気にもかけないだろう、と彼は考えた。そして、母親の許へいき、「母さん、ぼくはシカゴへいく」と、きっぱり言った。

セアラはまだ若すぎる最愛の息子を旅立たせるのは心配だったが、シオドアの未来への夢を理解していたし、また一家の悪い評判にすっかり気落ちしている繊細な息子の感情にも同情していた。彼女は少なくとも高校を卒業してからにしなさいと説いたが、教育は自分でできる、もうこの町にいても仕方ないんだ、という息子を旅立たせることにした。

シオドアは母から与えられた三ドルの金とコールドチキンとパイの弁当を手に、姉のクレアと弟のエドに別れも告げずに、その日一人シカゴ行きの汽車に乗った。少年時代へのドラマチックな訣別だった。

二　青春の苦闘

皿洗いからの出発

シオドアはシカゴに着いても、姉たちを頼るつもりはなかった。ピルチャー夫人という初老の婦人の経営する下宿屋を見つけ、彼はそこに部屋を借りることにした。夫人はまだ少年の面差しを残したシオドアに同情し、通りに面した小さな部屋を週一ドル五〇セントで提供してくれた。

シオドアは翌朝からすぐに職探しを始めた。だが、読書と夢想しか能力のない十六歳の若者に良い職が見つかるはずもなかった。新聞の求人欄を見、募集をしている会社を訪れはするのだが、彼はいかにも弱々しく見え、特技もなく、すぐに追い返されるばかりだった。結局、彼はとあるギリシア料理店の窓に貼られていた「皿洗い求む」という言葉にひかれて、店へ入っていき、やっとのことで職を得ることができた。皿洗いからの出発だった。

一家の再集結

シオドアは何とか生活ができるようになると、しばらくして三番目の姉のテレサに会いにいった。しかし、皿洗いをしているとは話せず、洋品店の店員をし、週

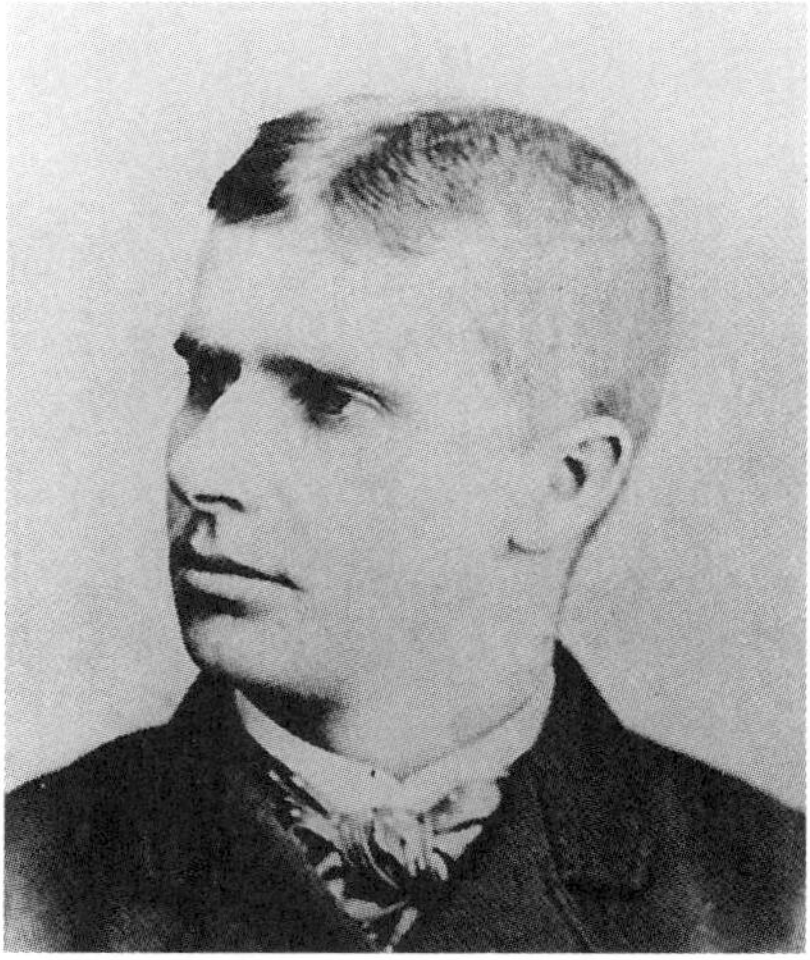

問題児の兄ローム

給七ドルを得ていると、嘘をついてしまった。テレサは姉妹の中で、最も現実的で、堅実な女性で、シオドアから母のセアラが考えている一家の者がみな働いて協同生活をするという構想を聞くと、早速それにふさわしい場所はないかと探し始めた。彼女はオグデン通りに月三十五ドルの広いアパートを探しだした。家賃こそ高かったが、歯科医師の助手をしていたテレサと、メイム、クレア、アル、シオドア、エドの稼いでくるものをすべて合算すれば、家族が再び一つ屋根の下で暮らすのに充分な金額となるはずだった。

　二人は母親を呼びよせ、アルも合流し、メイムも加わり、再びにぎやかな大家族の生活が始まった。しかし、シオドアには必ずしも天国ではなかった。というのも、嘘がばれて、彼は新しい職探しをしなければならなくなったからだ。最初に見つかったのは、金物業者の雑役だった。彼は鉄製のストーヴを磨きあげる仕事を与えられたが、非力な彼は重いストーヴを持ちあげることができず、同僚たちの物笑いの種となった。

　次には、家族の問題児ロームの紹介で、彼と一緒に鉄道の操車場で働くことになった。貨車を操って入れかえをする仕事はいやではなかったが、朝早くから市の郊外十マイルの地まで列車で通わなければならない。通勤の途中、彼は自分と同じ労働者たちをたくさん見たが、彼らの姿に自分の未来を見るようで、暗い気持ちにならざるをえなかった。

違う世界への関心

その年の十二月、彼は冷雨の降る中を操車場で仕事をしているうちに風邪をひき、床についた。母親のセアラはシオドアが肉体労働にむいていないことをよく知っており、病気がなおっても操車場には戻らせなかった。ただ、彼が稼いできていたわずかな給料も家族の生活には欠かせないものだった。ふたたび彼はシカゴを歩きまわり、大きな金物の卸売業の会社に職を得、そこで働くことになったが、二つの印象的な出会いを体験した。

一つは、東部から同じ職場に見習いにきていた二人の青年との出会いだった。彼らは経営者の友人の息子たちで、やがては同じような会社の経営に携わることになる若者だった。気位いの高い態度、身に着けているものの上質さ、口のきき方、幅広い知識と教養、すべてがシオドアに自らの立場の貧弱さを強く意識させるものだった。

羨望ではなかったが、彼らと接することにより、富める者と貧しき者、この二者の格差があまりにも歴然としており、それを越えることがいかに困難であるかを彼は初めて痛感した。

もう一つの出会いは、同じ職場で働いていた呑んだくれのデンマーク人とのものだった。移民者で、故国ではかなりの教育を受けたと思える男だったが、アメリカですっかり夢を失い、酒に溺れる中年の拙折者だった。しかし、この男はシオドアをつかまえて、昔親しんだヨーロッパの大作家たちの作品や思想の話をした。シオドアは夢を失った男の姿に父親の姿を見たが、同時に彼はこの男からアメリカだけでなく、広く大きな文学と芸術の世界があることを意識した。

救済の手

しかし、現実の毎日の生活はシオドアには苦痛だった。毎日の会社勤めは肉体的にもきつかったが、精神的にも彼をむしばんでいた。毎朝彼はやっとのことで起きだし、疲れ果てて毎夕家路につく。好きな読書もままならなかった。

そのようなある日、職場に高校時代の恩師、フィールディング先生が訪れてきた。彼女はシカゴの郊外にある学校の校長として、赴任してきたのだ。しかも、彼女は多少の蓄えをしたので、それをシオドアのために使い、一年間だけ試験的にインディアナ大学で教育を受けさせたい、と提案してくれた。先生はすでに大学とも相談してあり、彼を特別学生として受け入れてもらう手筈もととのえてあり、二百ドルの学費のほか、毎月五十ドルの生活費まで出すと言うのだった。シオドアは特に何を学びたいという考えはなかったが、先生の申し出を天与のものとして喜んで受けた。

何よりも、これは毎日の労働と精神的抑圧からの解放を意味していた。その上、もしかしたら学問をすることにより、彼の夢である作家への道が開かれるかもしれなかった。

大学生活

一八八九年の秋、シオドアは十八歳。フィールディング先生から与えられた学費と当座の生活費のあわせて三百ドルを手に、彼は大学のある町ブルーミントンの駅に降り立った。当時のインディアナ大学は州内の上流階級の子弟たちの教育の場であると同時に、社交の場でもあった。シオドアにとっては少々場違いの感があったことは否めない。彼は一年間ここに在籍したが、学生としては必ずしも成功しなかった。

彼は特別学生の身分だったから、どのような科目を選んでもよかったのだろうが、四年間をそこで過ごす学生と同じように、一年用の科目（古代英語、ラテン語、幾何学、哲学など）を選び、そのことごとくにひどい成績を残している。実社会をすでに二年余も体験した彼には、大学の基礎科目はあまりにも現実ばなれしていて、興味を抱くことができなかったに違いない。

それでも、彼は後になって、自分がインディアナ大学で「数年過ごした」などとよく他人に語ったそうだから、この一年間の大学教育を心のどこかで誇りに感じていたのかもしれない。フィールディング先生はシオドアさえその気があれば、さらに学費を出してもよいと考えていたようだが、彼はシカゴへ戻ってきたとき、すでに大学へ戻ることは断念していた。

その理由の一つには、母親の健康がすぐれなかったこともあった。セアラは一八九〇年の夏になると、ついに力つきたように急激に衰弱し、動くことさえできなくなってしまった。シオドアは不動産業に職を得、営業のような仕事をしていたが、その年の十月、営業用の馬車に母を乗せ、秋の紅葉を見せるために郊外まで出かけている。その時セアラは「もう二度と紅葉を見ることができない気がする」と、シオドアに語ったという。

彼女の予言どおり、一家の中心として、十人の子供たちを物理的にも精神的にも支えてきたセアラは、十一月十四日にこの世を去った。その最期は劇的だった。自分から病床を脱けでて、歩こうともがき、崩れるように床に倒れた。それを助けようと走り寄った最愛の息子シオドアに抱きかかえられたまま、彼女は息を引きとった。

母の死

母の死はシオドアにとって、「足下の大地が崩れおちる」ほどショックだった。それは残された家族の者すべてにも同じだった。母の死後、彼らは求心力を失った集団のように離散していった。長女のメイムは新しい愛人のブレナンという金持ちの男の許へ、次女のエマと四女のシルヴィアはウォーソーに戻り、これもまた年上の愛人たちと暮らす生活へ、シカゴに戻っていた長男ポールは再び旅廻りの劇団と共にニューヨークへ、問題児の次男ロームは、相変わらずの奔放な放浪生活へと家を出た。

残されたのは失意の父と、三女のテレサ、三男のアル、五女のクレア、末弟のエド、そして今は母の代わりに一家の柱とならなければいけないシオドアだった。彼は生活の資を稼ぎだすため、この年の秋から冬、次から次へと職を変えながら働いた。大きなクニーニング店の御者となり、一日十二時間も外廻りをしたり、当時流行していた割賦屋の集金人もした。この仕事は単純で、楽だった。店で売った品物の代金を週賦で支払う人々から金を集めてくるだけだった。シオドアは要領よく、二週間分、三週間分とまとめて支払う者の代金を預っておき、集金の時間をへらし、余った時間を図書館や博物館で過ごした。

貧民街の現実

割賦集金という仕事のおかげで、シオドアはシカゴの貧しい地区に精通することになった。彼はその侘しさと同時に、対照的に華やかな中心街の街路を心の中の言葉で描き始めていた。そして、密かに暇を見つけては、自分の印象を率直に紙に書きつけた。

当時、シカゴの『デイリー＝ニューズ』紙に「シャープス＝アンド＝フラッツ」というコラムがあり、それを担当していたのは有名なコラムニストのユージーン＝フィールドだった。シオドアは自分の書いた文章を、フィールド宛に送っている。その時、返事こそなかったが、彼は自分のやりたいことが何か、はっきりしてきたように感じた。

その頃、彼はネスビットという男の経営する割賦会社の集金人としてかなり成功していた。だが、客の中に割賦を面倒がって、まとめて払う者もいて、シオドアはその金を一時借用する形で自分で使ってしまい、会社には自分が割賦で払うようなことをした。これが社主に露見して、彼は解雇されてしまった。その後、すぐにまた彼は別の割賦会社の集金人となったが、すでに心は新聞記者になりたいとはやっていた。

雑職からの訣別

一八九一年四月、十九歳と七カ月のシオドアは、冬の間に蓄えおいた六十五ドルを資金とし、集金人をはじめとする雑職とすっぱり手を切り、飢え死にをしても新聞記者になるぞと決意し、父親の家を出た。彼と一緒にすぐ上の姉クレアと末弟のエドも従い、三人で独立の生活をすることになった。

三　新聞記者への道

見習い記者

新聞記者になろうと決意したシオドアは、毎日のようにシカゴの各新聞社を訪れて、職を求め歩いた。しかし、経験もなく、学歴もない十九歳の青年を雇おうという新聞社はどこにもなかった。そこで、彼は一計を案じ、シカゴでも最も評判の悪い三流紙の『グロウブ』を選び、そこにたえず出入りし、顔を覚えてもらうことにした。そのうちに必ずチャンスが巡ってくる、と考えたのである。

彼は裏口に通ずるドアの傍らに座って、そこから記者たちの仕事ぶりを眺めていた。記者たちの何人かがやがて彼に声をかけるようになり、また中には記者の心得を話してくれたり、記事の取り方や、記者仲間の情報などを教えてくれる者もいた。二週間ほどたってから、編集長のジョン＝マクスウェルがシオドアに、「そこで何をしているんだ」と声をかけてきた。彼は正直に「新聞記者になりたいんです」と答えた。マクスウェルは皮肉な男で、「こんな最低の新聞をなぜ選んだ」と訊ねた。シオドアは、「最低だから選んだんです。記者の流動も激しいはずですから」と答えた。

この率直な答えが気に入ったマクスウェルは、「じゃあ、この辺をうろうろしていろ。六月に民主党の大会がシカゴで行われるから、その時にはフリーの記者を雇うこともある」と、言ってくれた。シオドアはそれから二カ月、グロウブ社に出入りし、記者たちの私的な雑用を引き受けてわずかな金を稼ぎながら、編集長から声がかかるのをひたすら待った。

六月、大統領候補を指名する民主党の大会が開かれることとなり、マクスウェルのお声がかりでシオドアは臨時記者に採用された。週給十五ドル、大会前後の二週間という期限つきだったが、彼はあこがれの新聞記者の職を手にした。

初仕事

シオドアは張り切った。新しいスーツに中折れ帽子、記者章に新品の靴、格好だけは青年記者となったが、彼は政治のことや、政界の内情などほとんど知らなかった。『グロウブ』紙の記者たちのチーフは、彼に民主党の代議員たちが泊まるホテルのロビーをうろついておれ、と指示した。だが、張り切っているシオドアは誰かれかまわず話しかけ、記事を得ようとする。しまいには、当時有名なティルマン上院議員に話しかけて、追い払われる始末だった。だが、彼はめげずに、社に戻ると、ホテルのロビーに集まる人々の印象から、民主党の勢い、米国の将来までを展望する記事を用紙の裏表にびっしり、七ページもの原稿を仕上げて、マクスウェルの許にもっていった。

スクープ

マクスウェルはそれを一蹴した。こんなのは記事じゃない、というわけだった。大会全体の記事は別のヴェテラン記者が書く、おまえみたいな見習いは、誰が大統領候補に指名されそうなのか、その辺の鍵になりそうなネタを拾ってくりゃいいんだ、と言った。シオドアはホテルにとって返し、あちこちと走りまわるが何も得ず、バーにいって仲間の記者たちと油を売ることにした。ところが、そこで偶然に南部のダークホースと目されていたマッケンティー上院議員と会い、彼から党幹部たちが今密かに会合を持っていると聞かされ、その内容を洩らしてもらった。シオドアはすぐさま社に戻り、それを記事にし、マクスウェルに手をいれてもらった。スクープだった。「クリーヴランドとグレイが候補か」という大見出しで、シオドアの初仕事が翌日の『グロウブ』紙の一面を飾った。

新聞記者としての修業

マクスウェルの進言もあって、民主党大会の終了後、シオドアは晴れて常勤の記者として『グロウブ』紙に雇われることになった。念願かなったと言うべきである。しかし、彼の仕事は社会部の雑多なとるに足らない記事を書くことであり、日々火事や泥棒や傷害事件などの取材に明け暮れていた。彼が憧れていたコラムニストのユージーン＝フィールドの世界とはあまりにもかけ離れていた。また、当時シカゴではリアリズム文学のはしりとも言うべき新しいタイプの作家、ヘンリー＝B＝フラーやハムリン＝ガーランドなどが注目されていたが、それも彼とはまだ無縁の世界だった。

ジャーナリズムの世界でも、『グロウブ』紙のような三流紙は別にして、一流紙の『デイリー＝ニューズ』や『シカゴ＝ジャーナル』には優れた学者的文章家や、政治・経済などの専門知識を持つ全国的にも有名な記者たちがいた。

『グロウブ』紙の唯一の優れた記者というのはジョン＝マッケニスという男だった。彼は卓越した識見を持つ優れた文章家だったが、ほとんどアル中に近いほど酒好きで、そのため折角のよい地位を次々に失い、この三流紙の社会部デスクに落ちぶれていた。しかし、彼はシオドアの文才を愛し、文章の書き方から取材の方法まで細かく助言し、その上、シャイアン地区と呼ばれていた貧民街に関する特別記事を書き、日曜版の読物記事にするように指示をした。

読物記事の成功

シオドアにとっては願ってもないチャンスだった。夏の夜のシャイアン地区はまさに浮浪者の街だった。貧しい移民たちの街、寝るべき宿もなくさまよう人々の群れ、それは彼が少年時代から身をもって体験してきた風景だった。彼は個人的な感情を強くまじえて、その街の実体を詳細に描いた。

マクスウェルもマッケニスも記者の個人的感情を入れずに書く報道記事が好きだったが、しかし、シオドアの私的感情を注入したこの読物は一般読者からは非常に好評だった。後に小説家として成功するシオドアの素質がすでに生かされていたというべきである。この大成功を機に、彼は次々に日曜版の読物記事を手がけ、ついには「天才の帰還」と題した短編小説まで『グロウブ』紙に載せた。シオドアの処女作だが、マクスウェルの要請で、カール＝ドライサーの筆名で発表された。

一流紙へ

シオドアの刮目すべき成長ぶりを喜んでいたマッケニスは、彼により良い新聞社へ移ることを密かにすすめていたが、偶然マッケニスの旧友で、セントルイスの一流紙『グロウブ－デモクラット』紙の記者をしている男が、一八九三年にシカゴで行われることになっていた世界博覧会の準備状況を取材するためにやってきた。マッケニスはすぐにその記者の助手にシオドアを使ってもらうように手配してくれた。

当時、『グロウブ－デモクラット』紙には有名な編集長ジョセフ＝マッカラーがいて、西部の一流新聞という評を得ていた。マッケニスは、シオドアの仕事ぶりを気に入ってくれた友人に、ぜひ彼をマッカラーに推薦してくれと頼んだ。そして、それから数週間後、『グロウブ－デモクラット』紙から、週給二十ドルで記者としてシオドアを迎えたいという電報が届いた。

一八九二年十月、シオドアは『グロウブ』紙を退職し、セントルイスへ一人旅立った。社屋の裏口に近いドアの傍らに席を占め、新聞記者になることを願っていた日々からわずか一年半のことである。

四　セントルイス時代

社会部記者の生活

当時のセントルイスには四つの日刊紙があった。中でも、マッカラーを編集長にいただく『グロウブ－デモクラット』紙は、八〇年代にジョセフ＝ピュリツァの活躍で急成長をとげた『ポスト－ディスパッチズ』と並ぶ有力新聞だった。しかも、シオドアがセントルイスに到着した一八九二年の時点では、ピュリツァはすでに『ワールド』紙再建のためニューヨークに去っていたので、前者の方が優勢だった。従って、シオドアは晴れてセントルイス第一の新聞に社会部記者として迎えられたことになる。

編集長のマッカラーは南北戦争の報道記事で名を成した人で、背が低く、がっしりとした体形から、「リトル＝マック」の愛称で親しまれていた。だが、部下の記者たちにはこわい存在で、機智とユーモア溢れる文体とは裏腹に、口数の少ない、苦虫を嚙みつぶしたようなしかめ面、そして常に口に葉巻をくわえていた。

シオドアはマッカラーに会うとすぐに彼の発散するオーラに強い印象を受け、自分もやがてはこの老人のような大編集長になりたい、と野心を燃やした。しかし、現実は厳しく、彼はミッチェルという社会部デスクの下に配属され、一日に百五十語ぐらいの短い記事を三つも書けばそれで終わりという単調な仕事を与えられた。彼の文才を発揮するチャンスがまったくなく、シカゴ時代が懐しいくらいだった。

下宿屋の女主人たち

単調な生活は彼の孤独感をかりたてた。考えてみれば、シオドアはそれまで常に女性たち（母親をはじめ、入れかわり立ちかわりした姉たち）に囲まれた暮らしをしてきたのだから、セントルイスでは初めて一人の生活と言ってよかった。彼は当初はアパートを借り、独居生活をしたが、やがてそれに耐えきれず、次々に中年の女主人たちが経営する下宿屋で生活することを選んだ。若い孤独そうなシオドアは年上の女性たちの母性本能をくすぐるのか、彼は肉体的にもその女主人たちに愛されては、そこから逃げだし、次の下宿屋を探すことをしている。後になって、多情で有名となるシオドアの女性関係の素地は、この頃つくられたものであるかもしれなかった。

セントルイス時代のドライサー

シオドアが下宿の女主人たちとの情事にもいささか食傷気味となり、社会部記者としての単調な取材と簡単すぎる記事を書くのにも厭《あ》き、自分の存在意義を疑い始めていた頃、一つの事件が起きた。

本領発揮の機会

日曜日のことで、シオドアは休日当番で社にいたが、そこへ一人の男が飛びこんできて、イリノイ州オルトンの郊外で客車が石油を積んだ貨車と衝突し、大惨事となっていると告げた。各部局のデスクは誰もいないので、シオドアは勝手にオルトンに急行し、その駅から電報で事故の模様を送ることにした。彼が現場に到着した時、石油タンクを積んだ貨車から炎が吹きあがっており、さらにそれが他のタンク車の爆発を誘い、周辺の野次馬たちに巨大な爆弾のように襲いかかった。人々は火の玉と化し、ころげまわる者、叫声をあげて助けを求める者、あたりは地獄絵の惨状と化した。シオドアはその状況を生々しく、かつ冷静に描写し、電報で記事を送り続けた。

事件の翌日、彼の記事「焼き殺される《バーンド・トゥー・デス》」が朝刊のトップを飾った。しかし、彼は上司のミッチェルの許可も得ず、記事を送ったので叱責されると考えていた。案の定ミッチェルに呼ばれ、編集長のマッカラーの部屋へいくように伝えられた。恐るおそる彼は編集長室へ入っていくと、マッカラーは、「おまえの記事が気に入った。なかなかの出来栄えだ。見事なもんだ」と言い、ポケットから二十ドル札を取りだし、「わたしの個人的な褒美だ。それに、以後週給は五ドル昇給だ」と告げた。

野心の空転

編集長のマッカラーに気に入られて、シオドアは有頂天になりすぎた。彼は直属の上司や、演劇担当のデスクなどの頭ごしに、直接マッカラーに頼みこんで、前々から望んでいた劇評の記事も書くことになった。社会部記者のかたわらの仕事だったが、彼は大忙しで、かつ斬新な劇評を次々に掲載した。

しかし、彼に対する社内の反感、また人種問題や社会慣習を無視した彼の劇評に対する競争紙の攻撃も熾烈だった。その時、彼は大変なミスを犯してしまう。ミッチェルにちょうど市街電車内で起こった強盗事件の取材を命じられた彼は、同じ晩に初演予定の三つの芝居の評を書かなければならなかった。そこで、彼は記者たちに前もって渡される劇と役者たちの概要だけを読み、劇評を仕上げてから、取材に出た。運が悪いことに、その晩、大雨で役者たちの中には実際に舞台に立つことができない者が出たが、シオドアの評は出演していない者の演技まで描写していたので、翌日はセントルイス中の笑い話になってしまった。特にマッカラーは記者連の集まるバーで赤っ恥をかかされる羽目となり、シオドアはついに辞職願いを自分から書き、同僚たちに別れも告げずに社を去った。

しばらくは記者仲間に会うのがいやで、家に引きこもってばかりのシオドアだったが、生活費もなくなり、セントルイスでは三流紙である『リパブリック』紙を訪れ、週給十八ドルで再び新聞記者となった。編集長のウォンデルという男はシオドアの文才をよく心得ていて、彼に読物記事を担当させた。彼の口癖は、「いいか、ゾラとバルザックだ。ああいう風に書け」だった。シオドアがバルザックに傾倒するきっかけを与えてくれた人物である。

恋に落ちる

新聞こそ三流で、編集長はセンセーショナルな記事ばかり求めたが、シオドアにとっては本領発揮の場だった。彼は日曜版の読物記事として、セントルイス郊外のヴァリーパークという村で起こった黒人青年のリンチを描いた、「ロープをよこせ《ディス‐コールズ‐フォー‐ヘンプ》」という物語を載せた。この青年は白人の女性と黒人の女性を暴行した罪で逮捕されたが、村人たちは彼を留置場から連れだし、橋の上から吊し首にした。シオドアの描写は小説的で、しかもリンチの後、青年の遺体を届けられた母親の悲しみの場面まで描き、読む人々の涙を誘った。現在でいう「ノンフィクション‐ノヴェル」の短編版を彼は試みていたことになる。

さらに彼は、『リパブリック』紙がスポンサーとなっている慈善野球大会の模様をシリーズで書いたが、彼には珍しいユーモアたっぷりの記事で、架空の人物まで登場させて人々を喜ばせた。不思議なもので、彼の名前は深刻な社会的読物記事より、このユーモラスなシリーズでセントルイス中に知られることとなり、町の名士になった。このため、彼は一八九三年夏、新聞社より選ばれて、シカゴ万国博覧会見学の中西部の学校教師たちの一行に同伴し、その記事を書くこととなった。この一行は女教師たちで、新聞のコンテストに応募し、万国博見学旅行の特典を得た人々ばかりだった。シオドアはこの頃、なかなかのダンディとなっており、女教師たちの人気者となったが、彼はその中でも最もつつましく美しい一人の女性に強く魅せられた。

この女性がミズリー州ダンヴィルという町からきていたセアラ＝ホワイトだった。奇しくも彼の母親と同じ名前であり、シオドアは二歳年上の彼女に一目惚れしてしまった。彼女は小柄で、控え目で、常に茶色の衣服を好んで着ていたので、当時の流行歌の「茶色の小壜《リトル＝ブラウン＝ジャグ》」の題名から、「ジャグ」という愛称で呼ばれていた。

恋人のセアラ＝オズボーン＝ホワイト（ジャグ）

ジャグはシオドアより二歳年上で、大人っぽく、それでいて清純さを漂わせる落ち着いた女性だった。シオドアは自分にない育ちの良さと教養とを彼女の中に見ていたようで、たちまちに彼女の魅力の虜となったが、ジャグの方は慎重だった。

シカゴの万国博は当時のアメリカでは大評判であり、新聞記者として、シオドアはこの「ホワイト＝シティ」と呼ばれた新しい中西部の都市シカゴの奇蹟を書き綴った。彼にとっては人生の出発をした懐しい土地でもあったからだ。

恋と放浪

セントルイスに帰ったシオドアは相変わらず人気記者として自由気ままに振る舞っていた。この頃、彼は何度もジャグの許に出かけ、デイトをしているが、彼女はいかにも保守的な家の娘らしく、彼の強い欲望には応じようとしなかった。

たまたま、長兄のポールがセントルイスにやってきたが、彼は一流の記者になるには、ニューヨークへ来なければだめだ、とすすめた。また、ジャグのことについては、年上の女などと妙な関係になるな、とも忠告した。

たしかに、シオドアはセントルイスの生活に厭《あ》きていた。自分が求めていたものがここにはない、と気づき始めていた。かつて自分から辞職した『グロウブ－デモクラット』紙から高給を出すから戻ってくれという提案があったにもかかわらず、彼の心はすでに東部へと動き始めていた。

そこへ、ハッチンソンという同僚の記者から、オハイオ州グランド－ラピッズで小さな新聞を一緒にやらないかと彼は誘われた。シオドアはジャグのことを思った。彼女と結婚し、小さな田舎町で小さな新聞の編集長として静かな生活をするのも悪くないか、と考えたのだ。それは、彼が長い間夢見ていた作家としての華々しい成功とはずいぶんかけはなれたものだったが、おそらく彼はストレスの強い都会の中での記者生活に疲れていたのと、ジャグと結婚し、彼女に合わせた生活をしたいという願望にかられていたのかもしれない。

彼は一八九四年三月、『リパブリック』紙を辞職する。編集長は給料を上げるから残ってくれと懇願したが、シオドアはそれを振り切り、オハイオへ旅立った。放浪生活の始まりだった。

五　放浪の記者生活

グランド－ラピッズ

オハイオ州グランド－ラピッズは町というより小さな村だった。ハッチンソンの家は農家で、村のはずれにあった。シオドアが到着すると、待ち構えていたように翌日ハッチンソンは彼を近くのウェストンという町へ連れていき、『ウッド－カウンティ－ヘラルド』という新聞社の社屋へ案内した。シオドアが貯めこんでいた百ドルをあてにし、残金を自分が借り集め、二百ドルで売りに出ているその新聞の権利を買い、協同経営をしようというのだった。

しかし、社屋はあばら家も同然、印刷機械も古く、購読者リストの数はわずか五百ぐらいしかなかった。シオドアは即座に協同経営者の話を断わり、数日その町に滞在し、疲れをとった後、そこから一番近いトリードという中都市へ移動した。

運命の出会い

トリードに着いたシオドアは、『ブレイド』という新聞社を見つけると、飛びこみで記者の職はないかと訊ねた。専属記者のポストはなかったが、たまたま社会部のデスクをしていた若い男がシオドアのことを知っていた。彼が『グロウブ』紙で記者をしていた頃、シカゴの『ヘラルド』紙で記者をしていたアーサー＝ヘンリーという人物だった。

偶然その時、トリードでは市街電車がストライキを行っており、電車は会社側が臨時に雇った男たちの手で運行されていた。この運行を阻止しようと組合側も人を集めて、一触即発の雰囲気だった。ヘンリーはシオドアに、この電車に乗って記事を取ってきてくれと依頼した。シオドアはそれを引き受け、その日の夕方には記事にしてヘンリーに渡し、ヘンリーは少し手直しし、それを印刷へまわした。

シオドアとヘンリーはおたがいに好感を持った。二人とも文学的気質を秘めていたし、いずれは作家としてニューヨークに出たいと考えていた。数日の間で、二人は古い親友のように打ちとけた関係になった。シオドアは後に「もしヘンリーが女性だったら、ぼくは結婚を申しこんでいたと思う」と書いているくらいだった。

しかし、ヘンリーは彼を専属の記者として雇うだけの権限がなく、フリーの記者の半端な仕事しか与えることができなかった。シオドアは再び移動することにした。より大きな都会のクリーヴランドか、ピッツバーグかフィラデルフィアか、まったくあてはなかったが、まだニューヨークに出るだけの自信は彼にはなかった。

ピッツバーグへ

彼はまずオハイオ州第一の都市、クリーヴランドへ行き、『プレイン‐ディーラー』紙に職を求めた。しかし、そこにもフリーランスの仕事しかなく、わずか七ドル五十セントの記事を書いただけに終わり、次はニューヨーク州北部のバッファローに移った。ここに十日ほど滞在したが、六週間待てば記者のポストが空くかもしれないと伝えられたが、彼はそんな悠長なことはしていられなかった。貯えが底をつき始めていたのだ。そこで、彼はナイアガラ‐フォールズの町へ行き、有名な瀧の見物をし、ピッツバーグ行きの切符が格安で手に入るとの広告を見ると、次の行先をそこに決めた。一八九四年の春だった。

ジャグへの思慕

放浪の旅の間、遠いミズリーにいる恋人ジャグへの思慕は、ますます強くなっていった。しかし、シオドアの肉体的欲求は強く、彼はこの間常に恋人に対して忠実であったわけではなかった。街の女や娼家の女たちとの交渉もあった。ただその度に彼は罪悪感を覚えるようになっていたし、ジャグもまた自分への操をたててくれているか心配し、密かに訳もない嫉妬にかられている。

わずか数カ月の間に、彼はジャグに情熱的な恋文を何十通も書いている。彼はピッツバーグに落ち着いてから、夏に彼女の家を訪れるが、その頃が感傷的な気持ちのせいもあって、一番彼女を心から求めた時代だったと推測できる。

シオドアはピッツバーグに八カ月ほどいることになるが、この時期に彼は将来の運命を決定することになる出来事や読書体験をしている。

重工業の中心地

ピッツバーグに着いて、彼は幸運なことに『ディスパッチ』という有力紙の社会部記者として雇われ、生活のめどが立った。当時のピッツバーグは石炭と鉄の生産では世界第一の都市で、鉄鋼王のカーネーギをはじめ、有名な富豪たちが住んでいた。一方では、彼らの工場で、低賃金と長時間労働に甘んじながら、貧しい生活にあえぐ労働者たちが数多くいた。

シオドアはデスクからこの町での社会部記者の暗黙のルールを教えられるが、それは彼の正義感を逆撫でするようなものだった。労働問題と労使関係の記事はだめ、宗教問題と社会問題はいかん、上流階級のスキャンダルにはふれるな、などなどだった。

つまり、当たりさわりのない街頭の出来事の記事を書けというのだった。だが、シオドアは労働問題の専任記者のマーティンという男の案内で、「コート」と呼ばれていた労働者階級の地区を見てまわった。中庭《コート》を囲むひどいアパート群が建ち並び、二部屋のアパートに一ダースもの家族が住むという地域だった。その一方、町の中心部に当たる五番街から東に向かいシェンレイ公園まで歩くと、豪壮な屋敷が並び、そこにはオリヴァー、ソウ、フィップス、フリックス、トンプソンなど、当時の有名な富豪たちが住んでいた。彼はこれほど対照的な階級差を眼のあたりにしたことがない思いだった。

彼の社会正義の本能はうずいたが、それを発揮する記事を書くわけにはいかなかった。かなりの高給を得、暇をもてあましていたこの頃、シオドアはカーネーギーが寄贈したという図書館で時を過ごすことが多くなった。二十三歳になろうとしていた彼はすでに社会を知りつくし、精神的にも成熟していた。かつて友人にすすめられていたバルザックの小説を、彼はこの時まるで宝物でも発見したように読みふけった。

彼は『人間喜劇』の名のもとにくくられる一連の小説を読み、バルザックの見事な人間描写と深い分析に圧倒された。しかも、人間の行為と社会の環境との関連に鋭い眼を向け、冷静に客観的に書く手法に彼は感嘆した。ピッツバーグの世界がシオドアにはバルザックのパリのようにさえ思えた。書く題材はいくらでもあたりにころがっている。ここでも人間は富と名声を求め、欲望にかられて生きながら、偶然という運命に弄ばれている。彼はそれを客観的に見つめて書けばよいと気づいた。小説家として後に彼が発展することになる主題の根源を、彼はバルザックから教えられた。

恋の成就

彼は平凡な町の出来事や人物を題材にして、多少の想像力をまじえながら読物記事を書きはじめたが、これがなかなかの人気となり、新聞の看板とさえなった。その年の夏、休暇を得た彼はジャグの家を訪れた。彼女の家はミズリー州のダンヴィルという田舎町にあっ

ドライサーが大好きだった２番目の姉エマ。『シスター・キャリー』のモデル。

たが、代々の名家だった。父親のアーチボールド＝ホワイトは農場経営者だったが、地方政界の有力者でもあり、彼女の兄弟姉妹たちもそれぞれ高等教育を受けており、シオドアの家族とは大違いだった。

だからこそシオドアがジャグに恋をしたのかもしれない。自分にないものを彼女に見たに違いない。後にはそれが二人の結婚生活を不幸なものにするのだが、そのようなことに気づかなかったシオドアは、お上品で保守的なジャグを熱情的に求めた。そして、彼がダンヴィルの家に滞在していたこの夏の間に、二人はついに結ばれることとなった。

ニューヨーク訪問

ジャグはシオドアをそのままダンヴィルに引きとめておきたいと考えたようだが、彼は休暇を利用してぜひニューヨークを訪れたいと計画していた。というのも、兄のポールと、今はニューヨークに住んでいる二番目の姉エマとがぜひにもとすすめていたからであった。

彼はジャグを残したままずセントルイスにいった。かつての仲間たちと新聞社の様子を見るためだったが、わずかの時の間に人も変わり、雰囲気も変わり、彼などいなくとも新聞社はちゃんと動いていた。彼は変化というものを悲しく実感しながら、次いでニューヨークへ向かった。

めくるめくブロードウェイ

エマは愛人のホプキンズという男と西十五丁目、七番街の近くに住んでいた。シオドアが大好きな姉であるが、昔のふっくらとした美女の面影は消え、すっかり太り、生活苦を感じさせる中年の女になっていた。だが、彼を歓待してくれた。ポールは彼を連れて、十四丁目のあたりからブロードウェイを北へ案内した。当時はそのあたりが劇場街で、ポール自身が何度も出演した劇場もあり、彼はそれを弟に見せたかったのだ。

さらにポールは、馬車で「ホワイトウェイ」と呼ばれるブロードウェイを北へと案内した。当時はディパートメント＝ストアと呼ばれる新しいタイプの店が都会の華としてできはじめた頃で、ロード＝アンド＝テイラー、アーノルド、スローンズ、ブルックス＝ブラザーズなどの店が軒を連ね、買物客を集めていた。

また、二十三丁目のマジソン＝スクェアは当時は最も華やかな高級ホテルが建ち並ぶ地区であり、シオドアはその豪華さに肝をつぶす。ポールはそこで馬車を捨てると、彼をホフマン＝ハウス＝キャフェのバーに誘い、その後、四十二丁目まで二人は歩き、ポールが住んでいるホテル＝メトロポールに落ち着いた。

わずか一週間ほどの滞在だったが、シオドアは暇を見て、一人で町を歩いた。五番街では豪壮な大邸宅に驚き、ピッツバーグの比ではないことを知ったし、またマンハッタンの南地区の貧民街も歩きまわり、富める者と貧しき者のあまりの格差を実感した。いつかはここにきて、この都会の現実と人々を自分の手で書かなければならない、と彼は一種の使命のようなものを感じとった。

スペンサーの『第一原理』を読む

ピッツバーグに戻り、再び記者生活を続けはしたが、シオドアの心はもうニューヨークへ向いていた。その年の秋の三カ月、彼は生活費を可能なかぎり切りつめ、ニューヨークで暮らすめどが立つまでの資金を貯めた。彼は十一月末にニューヨークに出発するが、二百四十ドルほどの貯金を手にしていた。

だが、この間に、シオドアにとってはもう一つ精神的転機となるような書物に出会っている。十九世紀末のアメリカでは、エドワード＝ベラミーに代表されるように（『顧みれば』という社会主義ユートピア小説を八八年に書き、大きな話題をよんだ）社会主義体制を説く作家や理論家が登場していたが、シオドアはまだ彼らの考え方には同調することができなかった。むしろ、彼の関心は、自分のように恵まれない環境の故に、教育も技術も身につけないまま世に出、富める者を羨しく眺めながら、自らも彼らに伍したいと望む多くの若者たちの状況にあった。

シオドア自身、まだ社会の中の自分の場を完全に見いだしてはいなかった。新聞記者として生活はできても、それが自分の天分を発揮できる職業とは考えていなかった。もっと広い世界の中で意味のある役割というものがあるはずであり、それが少年時代から夢に描いていた「成功」と結びつくのではなかろうかと、思っていた。

そのような時、彼は当時話題となっていたイギリスの社会学者・哲学者ハーバート＝スペンサーの代表作、『第一原理《ファースト・プリンシプルズ》』を読んだ。たちどころにその本に彼は魅了された。ダーウィンの進化論の原理を人間社会の中に発展させ、当時「社会進化論《ソシアル・ダーウィニズム》」と呼ばれ、特にアメリカ社会の中で高く評価されたスペンサーの考え方にシオドアは共鳴し、また同時に反撥もした。

スペンサーの造語である「適者生存《サーヴァイヴァル・オブ・ザ・フィテスト》」は成功を希求するアメリカ社会の競争原理に合致し、また進歩を前提として急激な躍進をとげようとしていたアメリカの産業界にとっても、格好の原理だった。スペンサーの信奉者でもあった鉄鋼王のアンドルー＝カーネーギーは、スペンサーが「不可知《アンノウアブル》」と呼んだこの世の原因不明のものを「力」と表現した。この世界の中に人間の及ばぬ「力」が働いていて、それがすべてを動かしている、と考えたのである。

シオドアは、「適者」の条件である遺伝的素質や環境的要因を信ずるとともに、この「不可知」な「力」をも信じた。それはバルザックを読み、彼がいかに偶然によって人間が弄ばれるかを描いたことに共感したのと同じ心境だった。シオドアは何度も『第一原理』を読み、ページの余白に「そのとおり」とか、「ちがう、ちがう」などと書きこんでいるが、後になって書かれる作品の精神は、この時代に形成されたと言っても過言ではない。

そして、その年の十一月末にシオドアは、ついに念願のニューヨークで自分の力をためすべく、貯えた金を手にピッツバーグを後にした。

六　大都会での挫折

姉の家

シオドアがニューヨークに着いた時、兄のポールは地方巡業に出ていていなかった。そこで当座は彼はエマの家に寄宿することにした。しかし、彼女の家庭は最悪の状態になっていた。彼女の愛人であるホプキンズはいまだに失業中、というより中年を過ぎた彼はもう働く意欲すらなかったのだ。エマは弟を喜んで迎えたが、それは弟の経済的支援をあてにしていたからだった。

生活は火の車で、シオドアも自分の貯えを提供しなければならなかった。エマは家に下宿人を置いて生活をたてていたが、それでも足りず、ついには現在のラヴホテルのようないかがわしいことまでするようになった。シオドアはしばらくして、ピッツバーグに帰ると嘘をついて姉の家を出た。ホプキンズもエマから追いだされ、行方知れずになってしまうが、このエマと愛人の人生が、シオドアの最初の小説『シスター・キャリー』に利用されることになる。

シオドアは姉の家庭をかまっていることなどできなかった。念願のニューヨークに来たものの、セントルイスやピッツバーグでの記者経験もこの大都会では少しも通用しなかった。しかも、一八九四年の十二月は、アメリカは大不況の最中にあり、ニューヨークの街には失業者が溢れていた。彼は毎日のように、当時新聞社が集結していたパーク・ロウまで六番街を走る高架鉄道で行き、職を求めた。

またもや職探し

いつも簡単に追い払われるのだが、ある日意を決して彼は、ピュリツァの力で復活なった『ワールド』紙でデスクに会わせてくれと頑張った。たまたまその場を通りかかったアーサー＝ブリスベイン（後に『サン』紙の編集長となる人物）の眼にとまり、彼のおかげで社会部デスクの許に配属されることとなった

出来高払いの記者

配属されたと言っても、専属記者ではなかった。出来高払い《スペイス・レイト》と呼ばれるもので、一コラム（一コラムは印刷されて上がった長さが五十五センチほど）につき七ドル五十セントが支払われる。それに加えて、取材経費と取材に要した時間手当が与えられる。この頃は経費節約のため、このようなシステムを取っている新聞社が多かったし、また売れっ子の記者にとってはこの方が自由で、しかも割りがよかった。

『ワールド』紙のアルバート＝P＝ターヒューン、『ヘラルド』紙のスティーヴン＝クレイン、

『イーヴニング－ポスト』紙のリンカーン＝ステフェンスなどはフリーの記者の有名人で、週に七十五ドルは稼いでいたと言われている。

しかし、シオドアの場合、このシステムは性に合わなかった。前にも述べたが、彼の書き方は長すぎた。読物記事を書くにはふさわしいが、報道記事向きではない。まして、『ワールド』紙はピュリツァの会社であり、そのモットーは、「簡潔《タースネス》、正確《アキュラシー》、そして簡潔《タースネス》」だった。シオドアの最初の原稿は削られ、わずか数インチの長さになり、手にした報酬が一ドル八十六セントという惨めさだった。以後も同じだった。週に十数ドル得るのが精いっぱいであり、ピッツバーグ時代の三分の一ほどの収入しかなかった。

大都会の恐怖

彼は時々不安になった。取材のために、貧民街のバワリー地区をよく歩いたが、そこで生活する人々や、近くの公園で寒い中じっと動きもせずに座る人々の姿を見、自分の将来を見る思いさえした。また、ピッツバーグからやって来た家族持ちの記者が自殺するようなことが起こり、彼は都会の中での敗残の姿を自らに照射し、そこに言いようのない恐怖を感じた。少年時代から夢見ていた「成功」の対極にある「敗残」は、やがてシオドアの悪夢として、常に彼を悩ますことになる。

シオドアにとって悪夢はますます現実味を帯びてきていた。『ワールド』社で彼は、無視され続けていたのである。彼の書く記事は、ことごとくデスクから嫌われた。常に他の記者に書き直すよう指示される。ある日、シオドアは死体置場の記事を書き、デスクの許に持っていったが、またもや他の記者に書き直してもらうように命じられる。ついに憤激したシオドアはデスクと口論し、自分から辞表を提出する羽目となった。

苦境のどん底へ

わずかではあったが、彼にはまだ貯金が残っていた。それを頼りにして、彼はフリーの作家として、雑誌に読物記事や小説を書こうと考えた。だがこれも、惨めな失敗に終わった。どの雑誌も保守的な上流中産階級の「お上品な伝統」を守り、シオドアの書く現実の人間の記事を受けつけなかった。彼は頑なに自分を捨てずに、都会でのどん底の生活に甘んじた。

およそ三カ月以上も、シオドアはバワリー地区の貧民街に暮らした。時には木賃宿《フロップハウス》に浮浪者たちと共に寝泊りしたし、荷車から転げおちたリンゴを拾って飢えをしのいだりもした。厳しい冬の最中、そこでは人生に落伍したまま死んでいく者もいる。彼らの死体は市の蒸気船でニューヨーク港にある無縁仏を埋葬する無人島へ運ばれる。そのような光景を彼は心に焼きつけた。自分も同じ運命になるのではないかという恐怖が彼を悩ませた。

これが後に『シスター・キャリー』という名作の後半、主人公のハーストウッドの悲劇に実るわけだが、その時シオドアは知る由もなかった。

救いの手

やがて初夏となり、兄のポールが巡業から帰ってきた。ポールは売れっ子の歌手であり、しかもソングライターとして音楽出版社のハウリー‐ハヴィランドの協同経営者という名目（実質的に資本をどの程度提供していたか不明だったが）を持っていた。

当時、音楽出版社は流行歌《ポピュラーソング》の楽譜を印刷し、それを数曲集めて、一冊五十セントぐらいの値段で売っていた。一八九〇年代にはアップライト‐ピアノが家庭に普及し、このような楽譜の需要が増えていたのと、流行歌がブームとなっていた。ポールもこの時代に数多くのヒット曲を出し、音楽出版社にはかなりの影響力を持っていたことは間違いがない。

たまたま、ハウリー‐ハヴィランド社は売り出したい歌の楽譜を二曲ほどつけ、それを毎月雑誌形式で発行したいという考えを持っていた。兄の紹介で、社に出入りしていたシオドアはそれを耳にし、自分に編集をやらせてくれと志願した。彼はそれに読物記事を載せ、女性を対象とした「音楽と文学」の教養雑誌にしたいという案を提示した。雑誌の値段は十セントとする。そうすれば、読者は二曲の楽譜の入った雑誌をわずかな金で購読でき、しかもニュースや教養の記事も読むことができる。

雑誌編集者の才能

この話は五月に始まり、雑誌発刊は九月と決定し、社は準備期間中はシオドアに週給十ドル、以後は編集長として週給十五ドル、それに加うるに彼が書く記事への原稿料を払うことになった。これで彼は貧困のどん底から這いあがったばかりか、自分の考えでまがりなりにも商業雑誌の編集ができる身分となった。

彼のアイディアは見事だった。それまでの雑誌と違い、挿画や写真をふんだんに使い、雑誌の名前を『エヴリ－マンス』とし、副題は当初、「流行歌と文学の挿画入り雑誌」とした。後にこれを「文学と流行歌の挿画雑誌」に改め、一年後には『女性の雑誌』を吸収し、「文学と音楽の女性雑誌」とし、大発展を遂げるに至る。

雑誌『エヴリ－マンス』の表紙

「新しい女性《ニュー・ウーマン》」という意識が急速に芽ばえてきていた世紀末のアメリカでは、シオドアのアイディアは大成功だった。数年後には、彼は本格的な婦人雑誌の編集長として大成功をすることになるのだが、その萌《きざ》しがすでに見えていたことになる。彼は当初、放浪の記者時代に知り合った友人たちに応援を頼んでいる。セントルイスのピーター＝マッコードや、ディック＝ウッド、そしてオハイオ州のアーサー＝ヘンリーなどである。彼らは安い原稿料でシオドアのために詩や小説、それに時事エッセイや読物記事を寄稿してくれた。もちろんシオドア自身、様々なペンネームでエッセイ、人生相談、劇評、読物記事などを書いた。まさに雑誌は彼のワンマンショーにも似ていた。

ジャグとの結婚を考える

『エヴリ＝マンス』を女性雑誌として成功させたシオドアは、常にジャグのことを頭に描いていた。彼女は今や現実の女性というより、シオドアの頭の中に生きる理想となり、その彼女のために彼は毎月の雑誌を編集し、そして彼女にラヴレターを書き続けた。やがて経済的に彼女を満足させる収入を稼ぎだせるようになったら、ジャグをニューヨークへ呼びよせ、結婚をするつもりだった。

だが、雑誌が成功し、大きくなり、有名な作家たちの寄稿を求めるうちに、経費も増大し、ハウリー＝ハヴィランド社はシオドアの編集に不満を持つようになった。彼らが考えていた楽譜を売るための安手な雑誌が今や文学的、知的な女性雑誌に変貌してしまったからであった。

再びフリーの作家に

一八九七年八月、彼らはシオドアを解雇した。ポールも会社側に暗黙のうちに同調したため、以後シオドアは最愛の兄と不仲になってしまうが、しかし、『エヴリ＝マンス』の編集と、ペンネームで書きまくった読物記事のお蔭で、彼はすっかり作家としての自信を身につけていた。すでにニューヨークへ出てきて、フリーの作家として活躍し始めていた親友のヘンリーの激励もあり、彼は独立し、フリーの作家としてこの大都会で生きる決意を新たにした。

七　成功の萌《きざ》し

売れっ子作家への道

シオドアは当初、『エヴリ‐マンス』に書いた読物記事の中で自分の気に入っていたものを書き直し、それを様々な雑誌社に持ちこんだ。これが思いがけないほどに成功した。女流芸術家を題材として彼はかつて書いたが、それを書き直したのが「わが国の女流ヴァイオリン奏者」という題で、『ピュリタン』誌の十一月号に載った。

これがきっかけで、彼の読物は『トルース』、『メトロポリタン』、『コスモポリタン』、『マックルアー』など、当時「十セント雑誌」と呼ばれ、次々に刊行されていた新しい雑誌の誌面を飾るようになった。また、彼の雑誌編集の能力も高く評価され、『コスモポリタン』や『エインスリーズ』のアドヴァイザーにもなっている。

この頃彼は、オリソン＝S＝マーデンという人物に出会うことになった。マーデンは社会進化論の信奉者で、『人生に勝つ』とか『成就の秘訣』などのベストセラー作家だった。だが、彼は作家であると同時に、自ら成功者への野心を燃やす企業家でもあった。彼は『ヘラルド』紙の社主、ルイス＝クロップシュの友人であり、彼に進言して新しい週刊雑誌『サクセス』を創刊させようとしていた。クロップシュは自分の社の編集長のサンディソンを送りこみ、創刊の準備をさせたが、この男がマーデンに格好の作家がいると言って、シオドアを紹介した。

「成功物語」の作家

マーデンとシオドアは『サクセス』誌の目玉として、毎号各界の成功者の物語をインタヴューをまじえて載せることにし、二人で候補者のリスト作りをした。ロックフェラー、カーネーギー、マーシャル＝フィールド、エジソンは言うに及ばず、マーク＝トウェインからウィリアム＝ディーン＝ハウエルズなどの文学者まで入っているリストだった。

シオドアはインタヴュー用の資料調査を前もってしておき、インタヴューをし、それをまじえた成功者のプロフィールを読物とする手筈だった。マーデンは一回の読物に百ドルの報酬を提案した。シオドアにはそれは夢のような金額だったが、何よりもこの仕事は「成功」を常に夢見てきて、未だその実現を成しとげていなかった彼にはうってつけだった。かくして、彼の成功物語の記事は大成功を収め、一八九七年の末から以後三年間、彼は

雑誌編集者のドライサー。1890年代

『サクセス』誌になくてはならない作家となった。

『サクセス』誌の成功は、シオドアを雑誌ジャーナリズムの人気作家にした。一八九八年二月、彼はジャグに手紙を書いて、年に五千ドルは稼ぎだすことのできる作家になったことを告げ、いよいよ結婚できるだけの経済状況になったことをほのめかしている。

ジャグとの結婚

しかし、いざ結婚となると、シオドアはジャグとは実際的な面でことごとく意見が対立した。式の場所ややり方、結婚後住むアパートの地域、家具や生活様式。すべてが貧しかったシオドアと、地方の上流中産階級の娘として育ったジャグとでは意見の一致を見るのが難しかった。それに、シオドアは文通により、ジャグを理想化しすぎていた。現実のジャグはすでに三十歳に近いオールドミスとなり、非常に保守的な女性になっていた。一方、シオドアは新進のジャーナリストとして時代の変化に敏感に対応しようとする二十七歳の青年だった。

一八九六年の春、シオドアはジャグの家を訪れ、その後正式に婚約をしていたが、彼が『エヴリ－マンス』の編集に熱中していた間に、二人の仲は疎遠となっていた。しかし、九八年、彼が『サクセス』誌の人気作家となるにつれ、また急速に回復し、結婚にまつわる様々な雑事と意見の相違を克服するため、シオドアはジャグに「駈け落ち結婚」を提案する。つまり、二人だけで密かにどこかで落ちあい、結婚式を挙げようというのだった。ジャグもそれに同意した。二人は一八九八年十二月二十八日、首都のワシントンで落ちあい、メソジスト派の牧師の家で、ジャグの妹のローズと兄のリチャード立ち会いの許で結婚した。二人はヴァージニア州でハネムーンを過した後、ニューヨークのセントラル゠パークの西、百二丁目のアパートに新居を構えた。そこは当時中産階級の住居区であり、もう少し華やかな地域での生活を考えていたジャグには不満だったようだが、シオドアにとっては念願の新婚生活だった。

初めて小説を書く

新婚生活は順調だった。ジャグは友人も知人もいないニューヨークで淋しさを感じたが、料理の得意な彼女は良き主婦であり、また教師をしていたため、文法や語法に詳しく、シオドアの書く原稿の訂正をしたり、助言をしたりして彼の仕事を助けた。この習慣は後に二人の仲が悪くなり、別居するようになってからも続き、シオドアも彼女の言葉遣いの正確さに一種の敬意さえ払っている。

一八九九年の六月から八月末までの一夏、シオドアとジャグはヘンリーの招待を受け、オハイオ州モーミーという小さな村にある彼の家で過した。広大な敷地はモーミー川に面し、古めかしいながらギリシア風の円柱が正面に立つ家であった。アーサー゠ヘンリーはモードという妻とそこに住んでいた。彼はシオドアと共同で使う仕事部屋を用意し、二人で知的・文学的協同作業をしようというのだった。

当初からヘンリーは小説を書くことを志していたので、それをシオドアにもすすめた。シオドアはジャーナリストとして様々な読物記事を書く自信はすでに得ていたが、完全な想像力で書く「小説」は試みたことがなかった。しかし、この夏ヘンリーに刺激され、「輝やかしき奴隷製造者、マッキーウェン」という短編小説を書いた。これは人間が突然蟻となって、蟻の世界で弱肉強食の脅威を体験する寓意小説だった。ヘンリーはこれを褒め、シオドアの小説家としての才能を大いに認めてくれた。

シオドアは気を良くして、より現実的題材、彼がかつて読物記事として書き、好評を得たものを素材に小説化を試みることにした。それが第三作として書いた「黒んぼジェフ」であり、今日でも彼の代表的短編として残っている名作である。セントルイス時代に書いた黒人青年のリンチ事件を素材としていた。また、彼は自分の家庭体験をもとにした「ロゴウムとその娘テレサ」を書いたが、これは父親と自分の姉とをモデルとした小説で、後に長編小説の『ジェニー・ゲアハート』の素材となるものだった。

このようにして、彼はこの夏五つの短編小説を書きあげ、いよいよ本格的な小説の作家となるべき準備を着々としたと言うべきだろう。しかし、三カ月の協同生活でシオドアは貯金を使い果たして、九月にニューヨークに戻り、再び読物記事の作家生活を始めた。この時、ヘンリーもモードをオハイオに残したままニューヨークにやってきて、シオドアの家に寄宿し、二人で協同作業をした。数年後に二人は決定的な仲違いをし、訣別することになるが、この時期は最も親密な、他人から見れば奇異に思えるほど意気投合したコンビを形成していた。ヘンリーはアイディアを出し、資料を集めるのが得意、シオドアはそれを受けて流れるように文章化していく才能があった。そして、教養のあるヘンリーがシオドアの原稿に手を入れ、文法、語法上の間違いを手直ししたり、無駄な部分を省いたりする役を引き受けた。

ただ二人とも経済的観念と事務的処理が不得手で、後に仲違いをする原因も、誰が幾ら稼いだか、誰の作品であるかなどの悶着から生じている。しかし、この時代、二人は稼ぎまくったと言ってよい。おたがいを雑誌の編集者に売りこみ、仕事をもらっては書くという生活で、その題材も政治から科学、文学、演劇、芸術にまで及んで、ジャグを含めて三人で執筆会社を経営しているようなものだった。

ハウエルズに会う

当時のアメリカ文学界の大物はウィリアム＝ディーン＝ハウエルズだった。『サイラス・ラパームの興隆』（一八八五年）という名作をはじめとし、アメリカ現実主義《リアリズム》文学の実作者、理論家、確立者、『アトランティック‐マンスリー』の編集者として、十九世紀末の文壇に君臨していた。彼はニューヨークのセントラル‐パークの南端、五十七丁目のアパートに住んでいた。

前々からシオドアはこのハウエルズの理論、「正確に人生を再現する」現実主義に共鳴していたから、ぜひ直接会って、それを読物記事にしたいと考えていた。それが実現したのは九九年の十一月だった。『サクセス』誌のためのインタヴューである。短い時間だったが、シオドアの巧みな話術に乗せられて、老作家は人生について、死について熱烈に論じ、若い作家志望のシオドアの心を鼓舞したと言われている。

『シスター・キャリー』の執筆

シオドアが夢見ていた大作家への機がいよいよ熟してきた。一八九九年の九月、彼はごく偶然のことから処女長編を書き始めた。後に友人であり、著名な文芸批評家のH＝L＝メンケンに書いた手紙の中で、シオドアは筆をおろすエピソードを次のように語っている。実はすでに小説『アルカディアの姫君』を書き始めていたヘンリーが、しきりに「君も何か書け」とせかすので、シオドアは傍らにあった黄色い罫紙を取り、「シスター・キャリー」と題を書き、それから主人公のキャロライン＝ミーバーがウィスコンシン州の故郷の街から汽車に乗り、シカゴへ向けて出発する冒頭の場面を書いた。このようにして、ついに本格的な作家への道を彼は一歩踏みだした。

八　『シスター・キャリー』の挫折

姉をモデルに

シオドアが一枚の紙の上に「シスター・キャリー」と記したのは、ふと姉のエマのことを心に浮かべたからにほかならない。彼女は二番目の八つ年上の姉で、シオドアにとっては一番優しい女性だった。手紙を書き送ってくるとき、必ず最後に「シスター・エマ」と記してくれていた。

エマは早くから家を出、シカゴで生活したが、後に年上の愛人ホプキンズという男とかかわりあい、公金拐帯の罪を犯した彼と共にシカゴから逃げ、カナダに至り、後にニューヨークへ出てきた。しかし、金の大半を返却したホプキンズは犯罪者のレッテルこそ貼られなかったが、職にもつかず、エマに寄食し、ついには行方知れずになってしまう。

ホプキンズのイメージは小説の中でキャリーの愛人となるハーストウッドに生かされ、キャリーのシカゴでの生活はシオドア自身のシカゴ体験を生かし、小説の基本的筋立ては後半のキャリーの女優としての成功を除けば、大方がエマの人生をもとに構成された。

従って、途中一時中断はしたものの、一八九九年の末からシオドアは一気にこの小説を書き続け

『シスター・キャリー』を書くことをすすめ、部分的に助けた親友のアーサー＝ヘンリー

た。ヘンリーが文章に手を入れ、ジャグが誤字を直したり、言葉遣いへの助言をしたりして、出来上がった原稿は専門のタイピストに次々にタイプしてもらった。文章を見てくれるヘンリーも、タイプ原稿にしていく女性たちも興奮していた。シオドアも自信に溢れていた。そして、三月二十五日の午後、シオドアは最後のページを書きあげ、「おわり」とそこに書き記した。待望の小説の完成だった。

フランク＝ノリスの絶賛

出来上がった原稿をシオドアはまずハーパーズ社（正式にはハーパー＝アンド＝ブラザーズと言うが、通称ハーパーズとして知られている）に持ちこんだ。だがそれは、現代の女性読者の感情に合わない、という理由をつけて五月二日に返却されてきた。暗に、主人公のキャリーの生き方が、「お上品な」気風の読者層にはあまりにも道を外れたものに見えることをほのめかしていた。シオドアは当時『マクティーグ』を出し、新進の自然主義文学の旗手として売りだしていたフランク＝ノリスを専属のリーダーとして抱えていた、ダブルデイ‐ペイジ社に原稿を送った。

ノリスは社から原稿を渡されると、その夜のうちに一気に読んだと言われている。彼はシオドアに短い手紙を書き送り、その中で、「これまで私が読んだ中で最高の小説」と絶賛している。彼は六月八日にシオドアを自分の泊っていたホテルに招き、歓談した。そして、これからのアメリカ小説はシオドアの『シスター・キャリー』のように、「都市」を背景にし、かつまた「都市」を主役としたものでなくてはならないことを語っている。

いよいよ誕生か？

ノリスの強力な推薦により、ダブルデイ‐ペイジ社は多少の疑問もあったが、出版を約束した。ただ、社の最高責任者のダブルデイは、たまたま社用でヨーロッパに出張中だったため、ペイジがシオドアと会い、その場で秋の刊行を約束し、条件として、作品中の場所やホテル、その他人名などの実名を虚構のものにするように求めた。

シオドアはもちろん、ジャグもヘンリーも大喜びで、出版の噂はすぐさま友人たちに伝わり、彼らはもちろん、昔の新聞記者仲間までが祝電を打ってきてくれた。彼はできるだけの金をかき集め、休暇を取るためにジャグと共に彼女の実家へと旅立った。

大逆転

だが、まだ事はそれほど単純ではなかった。ダブルデイが帰国し、ノリスの熱心な推薦の言葉を聞いた後、その夜原稿を家に持ち帰り、自ら読んだ彼は、この本は「不道徳きわまりなく、それに文章もまずい」と宣言し、当社では出版するわけにはいかないと結論を下した。この報はすぐヘンリーから旅先のシオドアに伝えられる。仰天したシオドアは交渉をしばらくはヘンリーにまかせていたが、ついにニューヨークに戻り、自らペイジと会い、約束どおり出版することを強要した。力をこめた処女作が「不道徳」という名のもとに没にされては、努力が水泡に帰するだけでなく、シオドア自身の小説家としての経歴に傷がつくからだった。

ノリスはシオドアに同情的だったが、積極的に応援することはしなかった。また、ペイジも多少の疑問を当初から感じていたので、今は消極的だった。出版社側は密かに妥協案を考えていた。『シスター・キャリー』を大幅に書き直し、来年の春に出版する。そして、すでに書き始めているという（シオドアはジャグの家で、『ザ・レイク』という自伝的小説を書き始めていた）小説を最初に出版するという提案だった。しかし、シオドアは頑強に妥協を拒んだ。ダブルデイはそれでは出版はするが、販売の努力は一切当方ではしないと宣言した。

惨憺《さんたん》たる門出《かどで》

シオドアの大きな夢は、「一年一作《ワン・ア・イヤー》」を書く小説家だった。自分にはその力が今やそなわってきたと確信していた。そして今その夢が実現しようとしている矢先

に思いもかけない挫折だった。ダブルデイ‐ペイジ社は約束どおり、その年の十一月に『シスター・キャリー』を出版した

しかし、出版したとはいえ、名ばかりだった。地味な装丁でわずか千部、宣伝も広告もなかった。ノリスだけが書評用の本をあちこちの新聞社、雑誌社に送ってくれたが、一九〇二年の二月までに売れたのがわずか四百五十六部、ドライサーの手に入った印税は六十八ドル四十セントでしかなかった。「一年一作」の小説家への夢は断たれたも同然だった。

挫折感が心を蝕む

『シスター・キャリー』出版の当初は、シオドアの心は浮きたっていた。書評が概してよかったからである。特に地方紙の若手の書評家たちは、新しいアメリカ小説として賛辞を述べたててくれた。だが、時がたつにつれ、シオドアは焦《い》らだってきた。というのは、ニューヨークを初めとする、いわゆる大都市の文芸雑誌や有力新聞の文芸欄が完全に無視するか、あるいは非難するかのいずれかだったからである。彼は社会的にいかがわしい「不道徳」作家というレッテルを貼られてしまった。

彼は一九〇三年、『ブックラヴァーズ‐マガジン』に「真の芸術は率直に語る」というエッセイを発表し、文学における「道徳性《モラリティ》」とは「人生を率直に描くこと」と述べるが、それは彼が「不道徳」という言葉に悩みに悩んだあげくの反論だった。

歯車が狂いだす

翌一九〇一年の正月、シオドアはまだ元気で、第二作『ジェニー・ゲアハート』を書き始めている。前年の暮に父親がロチェスターのメイムの家で死んだのを機に、メイムに無理解だったくせに、彼女に最期をみとられて死んだ父をモデルにした構成だった。しかし、『シスター・キャリー』の売れゆき不振は徐々にシオドアの自信を崩してゆくことになった。加えて、一度小説を書くことに熱中した彼は、それまで得意としてきた読物記事を書く意欲を失い、題材を前にしてもなかなか筆が進まなくなってしまった。新たに書き始めていた『ジェニー・ゲアハート』も、六月には完全に中断した。それまで書いた原稿の三分の二は書き直さなければと考えるに至ったからである。

ヘンリーとの訣別

その頃、アーサー＝ヘンリーはコネティカット州の沿岸に近いダンプリング島のコテージを借り、シオドアとジャグを招いた。もう一度一緒に生活をしようという提案だった。全てが思いどおりにいっていなかったシオドアはこの提案に応じるが、この夏の生活は二人の仲を逆に悪くした。直接の理由の一つは、経済的な問題で、生活費の貸し借りによる悶着から生じ、一つはヘンリーが新しい愛人のアンナと非常に親密で、シオドアが親友に裏切られた思いを心の底で強く感じたからであった。だが、考えればニ人ともいわば「青年時代」を卒業する時期に達していたのかもしれない。二人の協同作業の終焉の時だった。

シオドアは、『シスター・キャリー』をこのまま死滅させるわけにはいかないと考えていた。特にロンドンのハイネマン社がその年出版してくれた、ヘンリーの手で前半を短くまとめたイギリス版が好評であったし、またアメリカの出版社の中にも興味を示す社があったからである。彼はダブルデイ社から版型を買いとろうと交渉したが、九月の時点では先方は五百ドルを要求した。だが、彼にはそんな金はなかった。

かすかな希望

そこへ救いの神が現れた。新興出版社のJ・T・テイラー社で、そこの編集者ジュエットはシオドアに興味を持っており、第二作目を出版し、さらにダブルデイ社の『シスター・キャリー』を買い取り、再発行したいと申し出てきた。交渉の結果、十一月にシオドアはテイラー社と契約を結んだ。第二作の前渡金として、一年間毎月百ドルずつシオドアに与え、出版の暁には、『シスター・キャリー』の再版を約束するものだった。「一年一作」の小説家への夢がまたわずかながら復活してきた。彼は十一月に最初の小切手をテイラー社から手に入れると、ニューヨークのアパートをたたみ、ジャグを実家に帰し、一人で『ジェニー・ゲアハート』執筆のため、冬の間ヴァージニア州のベッドフォードで過そうと旅立った。

九 「不道徳」というレッテルの重圧

南部の田舎町

ベッドフォードはヴァージニア州の南西部にあり、アレゲニー山脈の山々を望むことのできる静かな町だった。シオドアはその地の下宿屋で暮らした。当初は筆も進んだが、彼は自分で「マラリヤ病的」と呼んだ奇妙な倦怠感にしつこく悩まされるようになった。しかも、シオドアを世に売りだしたいと考えているジュエットからくる激励の手紙が彼をかえってゆううつにした。というのは、『シスター・キャリー』の力強さと魅力をよく認めていたジュエットも、手紙の中では主人公の「不道徳」を指摘し、新しい作品ではその点を注意するように示唆していたからだった。

第二作の『ジェニー・ゲアハート』はシオドアのもう一人の姉、メイムをモデルとして構想した小説だった。彼女は貧しい家族を助けるため、かなり年上の男性と正規の結婚をしないまま暮らした女性である。つまり、当時の社会的規範を踏み破った「不道徳な」女性であるから、社会的な罰が与えられなければならなかった。

シオドアは小説の中では、女主人公のジェニーが同じように貧しい家族の生活を助けるために、二度も正式に結婚しないまま、男性の世話になって暮らす哀れな状況を描こうとしていた。彼はジェニーの状況は決して絵空事ではなく、アメリカの貧しい家庭で起こる現実であることを知っていた。だから、現実をあるがままに描きださなければ、小説家としての存在理由がない、と考えていた。

シオドアはこの小説に、「掟を踏み破りし者《トランスグレッサー》」という題をしばらく与えていたほどである。道徳という掟を破った者の宿命を書くという意識があったからだろうが、彼はどうしてもジェニーの側に立って書かざるをえなかった。しかし、それでもって、またもや「不道徳」の誹りを受け、作品を葬り去られては彼の立つ瀬はなかった。彼は掟を破ったジェニーを、世間に認められる「道徳的」女性として創造していかなければならなかった。

作家の苦境《ライターズ・ブロック》

前にも述べたが、シオドアが精神的に立ち直ってきた一九〇三年には、芸術の「道徳性《モラリティ》」とは世俗の道徳観に迎合することではなく、人生の「真実」を描出することである、と主張できるようになるが、まだこの時点では、自分に貼られた「不道徳な作家」のレッテルをいかにしてはがし、世間から公認された立場を得られるかに苦渋していた。そのためか、彼は物を書き始めてから初めて筆を進めることのできない「作家の苦境《ライターズ・ブロック》」を味わうこととなり、さっぱり書くことができなくなってしまった。

わずか一カ月ベッドフォードで過した後、シオドアはジャグの許にいき、彼女の実家でクリスマスを過し、環境の変化を求めた。その後、二人でウェスト－ヴァージニア州のヒルトンに旅をし、何とか苦境から脱しようとしたが、ジャグとの仲さえ冷えてきて、彼の精神も体力も思うようにならなくなった。

再び放浪生活

シオドアはジャグを実家に帰らせて、一人でヒルトンに留まり、遅々として進まない『ジェニー・ゲアハート』と苦闘した。テイラー社はその年の秋には刊行したいと考えていたから、作品の完成を迫るが、それがまたシオドアの心を圧迫した。

一九〇二年の七月、彼はヒルトンを引き払い、『ジェニー・ゲアハート』の執筆を中断したまま、フィラデルフィアに移ったが、この時点で彼は今言うところの「ノイローゼ」状態に完全に陥っていた。彼を診察した医師は、後に著名になる名医で、すぐさま精神症状であると判断し、彼に病状記録の日記を書かせ、精神安定剤を与えるという治療法を取っている。この日記が今日残されている『フィラデルフィア日記』であるが、その年の十月二十二日から翌年の二月十七日まで記されている。

経済的にもシオドアは苦境に陥っていた。というのは、テイラー社の期待を裏切って、『ジェニー・ゲアハート』を中断した彼に対し、毎月送ってくる百ドルを先方が六月で打ち切ったからである。彼はフィラデルフィアに移ってきてから、再び新聞や雑誌に自分の得意だった読物記事を書き送っているが、そのことごとくが送り返される事態となっていた。

どん底の生活

彼は意を決して、再びニューヨークを目指した。しかし、一九〇三年の二月に彼がニューヨークに着いた時は、ポケットにわずか三十二ドルしか入っていなかった。暮らすのに安価なブルックリンを選び、週二ドル五〇セントという安下宿に落ち着いたシオドアは、以前のようにフリーの作家として新聞や雑誌の読物記事を書いて暮らそうと考えた。しかし、昔のようにその計画はうまくいかなかった。彼は新聞の穴埋め記事を書くには少々有名になりすぎていたし、とは言っても、悪名高い『シスター・キャリー』の著者に長い読物記事を書かせるのは、どこの編集者もためらった。テイラー社はそれでもシオドアに同情的だったが、その同情も彼が約束した第二作目の作品を完成すればの話だった。

手持ちの金が少なくなり、彼はついに週一ドル二十五セントという宿に移り、食費を極端に減らし、週二ドルで生活する有様になった。精神的にも追いつめられた彼は、このままでは『シスター・キャリー』の主人公ハーストウッドのように、自殺するほかないと考えるまでになった。当時、エマもポールもニューヨークに住んでいたのだが、彼は自尊心のため、彼らに助けを求めることはできなかった。

弟ドライサーを何度も助けた長兄ポール

ポールとの再会

　だがシオドアは、一大決心をした。

　この精神的・経済的苦境を肉体労働によって脱しようと考え、ニューヨーク‐セントラル鉄道にいき、仕事を求めた。彼を面接したハーディンという部長はシオドアの決意に感心し、路線工夫の仕事は無理であるとしても、何らかの仕事を与えると約束してくれた。ちょうどその日、シオドアが新しい希望を胸に抱いて、ブロードウェイを歩いていた時、三十二丁目のホテルの前に着いた馬車から、懐かしいポールが友人と降りるのを目にした。かつての仲違《たが》いのことを思い、彼はそのまま下を向いて通りすぎようとしたのだが、ポールの方はすぐにシオドアに気づいた。あまりにも変わりはてた弟の姿に驚きはしたが、ポールは昔の経緯《いきさつ》など忘れたように幾ばくかの金を拒もうとするシオドアの手に押し込み、「今晩、バッファローにいかなくちゃいけないが、必ず月曜日に会いにきてくれ」と言い残した。

　シオドアは、鉄道会社に勤務して自分をもう一度鍛えなおそうという期待と、ポールに会って、たちどころに過去のわだかまりを消し去った兄の愛情によって、再生への希望を強く持つことができた。

復活への道

ポールはバッファローから帰ってくると、まずシオドアを説得して、彼の友人で元レスリング選手のマルドゥーンが経営しているオリンピア健康施設という療養所に入れさせた。それはロング‐アイランドの田舎にあり、精神的・肉体的疲労からノイローゼになった人々を運動と規則正しい生活、簡素な食事などで治療する施設だった。マルドゥーン自身が先頭に立って、入所者たちを叱咤激励して回復への道筋を示すのだった。シオドアはここに二カ月入所することになるが、三週間も経った頃には、すっかり精神的にも肉体的にも立ち直っていた。彼はこの施設の体験を読物記事にまとめ、ハーパーズ社に送り、それが『ハーパーズ‐ウィークリー』の五月十六日号に掲載されることとなった。

鉄道会社で働く

二カ月後に元気な身体に戻ったシオドアは、ニューヨーク‐セントラル鉄道で働くことにした。二カ月前のハーディン部長との約束を守ったのである。彼はこの年の六月からクリスマスまで、ちょうど半年間、鉄道会社で働いた。ここで彼は雑役から操車場の検査係、事務職など様々なことをして働いた。賃金は低く、肉体労働はきつく、ついに六カ月後に彼はやはりこのような仕事は自分にはむかない、と考えて辞職することにした。幸いなことに、ポールが友人である『ニューヨーク－デイリー－ニューズ』紙の編集長デイヴィスに密かに頼み、同紙が新しく始めようとしていた「日曜版」の専属記者として、シオドアを採用するように取りはからってくれていた。

一九〇四年の一月からシオドアは、『デイリー－ニューズ』の記者として「日曜版」の読物記事を書く仕事を始めた。かなり大衆向きのロマンチックな装いをこらした物語を彼は書いているが、それらを書きながらも、自分のノイローゼとそれを克服した体験をもとに、『素人労働者《アマチュア＝レイバーラー》』という小説風自伝を少しずつ書きだした。実はその年の六月に「日曜版」が廃刊となり、彼は再び失職をすることになったが、もう以前の彼ではなく、読物記事を売ったり、またストリート－アンド－スミス社の通俗小説の編集をしたりして暮らした。わずか一年前のどん底の生活が今では悪夢のように思えたが、彼はわずかずつ、その悪夢から覚めようとしていた。

『素人労働者』をシオドアは完成してはいなかった。ただ、この中の断片は後に彼が発表する自伝的小説『天才』（一九一五年）に使われているが、彼のノイローゼ症状や、貧しさのどん底生活などはずっとやわらげられている。また、『素人労働者』で書いた材料を使って、彼は幾つかの読物記事にし、新聞や雑誌に売ってもいるが、暗く、厳しい物語には編集者たちが興味を示さないことを身をもって感じた。

時代の変化

シオドアはまだ『シスター・キャリー』の復活をあきらめてはいなかった。しかし、小説を再び手がける気力もまだ蘇ってはいなかった。ただシオドアにとって幸いなことに、新しい世紀に入って、わずかにだが時代に変化が生じてきていた。アメリカにも若い文学世代が育ちつつあった。彼らは東部の名門大学で教育を受け、十九世紀的保守理想主義と厳しい倫理性の中で育ちながら、なおかつ新しい時代の動きに敏感であり、性の問題なども真剣に話題の中に取りこもうとしていた。彼らはロシアやフランスのリアリズム作家たちを愛読し、アメリカの小説も人生の真実と深く真剣に取り組み、より忠実に描出すべきだ、と考え始めていた。

フランク＝ノリスが広く読まれ、アプトン＝シンクレアの暴露小説《マックレイキング＝ノヴェル》『ジャングル』が世の人々を驚かせ、ベストセラーとなっていた。アメリカの読書界にも新しい時代の雰囲気が浸透し始めていた。やがて十年後には有力な批評家になっていくランドルフ＝ボーン、ドロシー＝ダドリー、H＝L＝メンケン、ラドウィグ＝ルイゾーンなどがこの若い文学世代であり、すべてが『シスター・キャリー』をアメリカの最初の本格的リアリズム小説であると認めた人たちだった。シオドアが小説家として花開くには、もう少し時が必要だったのかもしれない。

再び雑誌編集者として

彼はしばらくはストリート-アンド-スミス社で通俗小説の編集者を続けた。大衆向けの娯楽小説に作者たちの持ちこむ原稿を切ったり貼ったり、書き直したり、書き加えたりという手荒い仕事だったが、同僚にマックリーンという野心的な青年がいて、二人は意気投合した。後にシオドアはマックリーンと仲違《たが》いをするが、一時は二人で出版社を開き、その第一作に『シスター・キャリー』を出版しようという計画さえできていた。しかし、現実には、シオドアは週給十五ドルの身で、この計画もやがてはかない夢と消えていった。

幸運が思いがけない所からやってくる。社主のスミスは、雑誌を発刊しては潰すという気まぐれな性格を持っていたが、彼は新たに『スミス』という大衆誌の発刊を決め、それをシオドアに託すことにした。この雑誌は、「人生の小さな悲しみや苦しみに耐える人々に幾らかでも役にたつ」ことを標榜した娯楽雑誌で、上流階級よりもむしろ一般大衆を読者として狙っていた。一九〇五年の四月にシオドアの編集による創刊号が世に出たが、彼はその見本刷りをポールに読んでもらっている。ポールは、「すごい、見事だ！　お前はやはり天才だぞ」と褒めてくれた。

ポールの批評のとおり、『スミス』は大成功だった。シオドアはかつて『エヴリ＝マンス』を編集した経験と、長年のフリーの作家としての経験を生かし、読者対象を若い結婚している男女と定めた。最初の数号は軽いタッチで、都会的センスを盛りこんだ通俗小説を載せ、号ごとに男性、女性とターゲットを変え、さらには若いカップル向けの「家庭《ホーム》」頁や「美術《アート》」頁と称し、流行の服を着せた美しい女優たちの写真を掲載した。また、「娯楽《パースタイム》」セクションでは社交界やヨーロッパの王家のゴシップなどを載せ、「ニューヨークの田舎娘」と題した頁には、地方出身の若い女性たち向けにいかに都会風に変身するかなど、ファッションを特集したりした。彼の編集者としての才能はこの雑誌を舞台に一大飛躍をとげ、一九〇六年には週給六十ドルを手にするようになっていた。

ポールの死

シオドアに再び幸運の星がめぐってきたのにひきかえ、それまで成功の絶頂にいるかのように見えたポールの運命に陰りがさしてきた。一つには、大衆音楽の風潮が変わってきて、新しく登場してきた「ラグタイム」のリズムが大流行し、ポールのようなスローテンポのバラード風の曲は、もはやヒットしなくなっていた。その上、彼はこの頃から非常に社会主義的となり、貧乏人の味方のような歌を書いたりして、人気をますます落とした。

その上に、ポールは友人と手を組んで、ハヴィランド社を八千ドルも出して権利を買い取り、音楽出版の事業に手を出し、それが一九〇五年に破産すると、自分でもう一度試みようと、弟のエドや二、三人から借金をして音楽出版社を起こした。エドを社長に据え、自分が曲を書き、昔の夢をもう一度と考えたのであろうが、この夢もあえなくついえてしまう。

一九〇六年一月、エドからシオドアは電報を受け取った。ポール危篤の電報だった。彼の最期はあまりにも哀れだった。前年に事業の失敗から無一文になってしまったポールは、エマの家に寄宿する身だった。死ぬ前に書いた「わが恋人、サル《マイ・ギャル・サル》」はかつての愛人、サリー＝ウォーカーを懐かしんで書いた曲だったが、皮肉なことにポールの生前にはヒットせず、死後にアメリカの大衆音楽の名曲として人々に愛唱されることになった。ポールは四十八歳だった。

ひたすら前進

ポールの死はシオドアには大きな衝撃だった。しかも、末路の哀れさは彼がいつも自分自身恐れていた敗残の姿であり、ひときわ悲しかった。しかし、彼はいつまでも悲嘆にくれているわけにはいかなかった、雑誌の編集はニューヨークでは激しい生存競争であり、彼は自分の『スミス』を勝者にする役割を担っていた。幸い、『スミス』は順調に部数をのばしていたが、シオドアはもう少し知的で、もう少し真剣で、重味のある雑誌にしたかった。社主のスミスもそれを薄々感じとっていて、シオドアをいつかは編集長の椅子から降ろさなければならない、と考えていた。

だが、シオドアの方が機を見るのに敏だった。ちょうど『ブロードウェイ＝マガジン』という雑誌の社主、トマス＝マッキーという人物が『スミス』の編集ぶりに感心し、シオドアに移籍の交渉をしかけてきた。当時、『ブロードウェイ＝マガジン』はやっと一万二千部の発行にとどまる月刊誌だったが、マッキーは週給六十五ドルを提供し、もしも雑誌が十万部の発行にこぎつけたら、週給百ドルを与えるという条件だった。シオドアは喜んでそれを受けた。また一つ前進だった。

さらに幸運なことに、シオドアが移籍すると間もなく、社はイリノイ州出身の新進の事業家、ハンプトンという男に買収された。ハンプトンは広告業で財をなした人物で、雑誌には強い興味を示していた。彼はシオドアに会うと、すぐにその才能を見抜き、金はいくらでも出すから、好きなように編集をしろ、と言う。

理想の雑誌へ

シオドアは部下に優秀な男女のライターたちを雇うが、中でもハリス＝M＝ライアンという青年は、非常に都会的センスを持った野心的作家だった。シオドアは彼らと夕方は編集室で文学や芸術を熱心に語り、まるでそこが新しい文学サロンのようになった。それまで、ブロードウェイの劇場ゴシップと女優たちのタイツ姿を売物にしていた『ブロードウェイ－マガジン』は、シオドアと彼の部下たちの手で一新した。それはニューヨークという都会の洗練さと華麗さを盛りこみ、なおかつ文学的な色彩と社会的な深刻さを垣間示そうとする、シオドアの理想の雑誌となっていた。この雑誌は、後に長い歴史を誇ることになる『ニューヨーカー』や『ヴァニティ－フェア』などの先駆者と、今日では考えられている。わずか一年の間に、シオドアはこの雑誌の発行部数を十万部をはるかに上まわるようにさせ、約束どおり、昇給を手にしている。

結婚生活の不調

シオドアとジャグとの仲はすでにだいぶ前から冷えきっていた。その原因の最大のものは二人の性生活にあったと言われている。前にも述べたように、シオ

1906年当時のジャグ（ドライサーの妻）

ドアは欲望の強い男で、それは性生活においても同じだった。それにひきかえ、ジャグは保守的な家庭に育ち、自分も熱心なクリスチャン＝サイエンスという宗派の信者で、奔放な性生活については、罪悪感を強く持つ女性だった。

シオドアは雑誌編集者として生活が安定すると、ジャグをニューヨークへ呼び寄せ、外見では仲の良い夫婦の体裁を保っていたが、ジャグを一種の重荷と感じ始めていた。ジャグは子供を欲しいと考えていたが、彼はそれも望まなかった。彼はジャグがいつまでも田舎の町の保守的意識を捨てられないのに苛《いら》だち、彼女の干渉を口うるさいものと考えていた。それに、彼は仕事の上だけでなく、女性についても野心的で、より大きな機会を求めているのに、ジャグはそれを阻む足枷だった。

シオドアは後にジャグとは完全に別居状態となり、ヘレン＝リチャードソンという愛人を持ち、離婚を望んだが、ジャグの方は最後まで離婚を承知しなかった。このような二人の精神的葛藤は、シオドアによって『資本家』の主人公クーパーウッドや、『アメリカの悲劇』の主人公クライド＝グリフィスの心情に書きこまれることとなった。

十　大作家への道

『シスター・キャリー』の復刊

『ブロードウェイ・マガジン』は順調に部数をのばしていたが、シオドアは小説家としての文壇への再登場を決してあきらめてはいなかった。すでに彼は精神的混乱からは脱出し、編集者として自信を強く持ち、生活も安定し、豊かであり、多少の蓄えもできていたので、『シスター・キャリー』の汚名をそそぐべく、その復刊への道を探っていた。社主のハンプトンもこの作品を非常に賞賛していたので、彼に頼む方法もあったが、一九〇七年に入って、後で詳しく述べるが、シオドアと彼の間に微妙なずれが生じてきていた。シオドアの有能な部下の一人にエセルという女性がいたが、彼女も『シスター・キャリー』の熱烈なファンで、自分の友人で文学エイジェントのフローラ＝メイ＝ホリーに、その売り込みを依頼した。ホリーはこの小説の不幸な運命を業界のゴシップとして良く知っており、この作品を新しい出版社で、一発話題作を出版して門出の花にしようと目論んでいた、B・W・ドッジ社に持ちこんだ。

一九〇七年一月、シオドアとドッジ社は出版契約を結んでいるが、必ずしも全面的にドッジ社が

『シスター・キャリー』を出版しようというのではなかった。シオドアに五千ドルの出資を依頼し、そのうち千ドルは現金で即座に支払い、それを印刷、広告宣伝の費用に使い、後は印税による相殺を条件とした。それでもシオドアはこの条件を受け入れた。彼がいかにこの小説の復刊に自らの希望を託していたかがわかる。その年の五月十八日、『シスター・キャリー』は復活した。上質の鮮やかな朱の布による装丁で、着飾ったキャリーの挿絵も入っていた。書評も好調で、いかにアメリカの文学意識がわずか七年の間に変わってきたかを如実に示していた。出版後三カ月で四千六百部を売り、その年には八千五百部を売りつくした。大ベストセラーというわけではなかったが、シオドアが作家としての自信を回復するには充分な成功だった。このドッジ社版の売れ行きが一段落すると、翌年には、グロセット＝アンド＝ダンロップ社がドッジ社から残っていた部数と共に出版権を買い取り、安価版でさらに一万部を出版している。その後、『ジェニー・ゲアハート』を出版したハーパーズ社が一九一二年に『シスター・キャリー』も出版し、それによってシオドア＝ドライサーの名前は、アメリカ文壇で完全に確立することになる。

編集者としての成功

大作家となるシオドアの夢は着々と実現しかかっているように見えるが、『シスター・キャリー』の復活とその期待以上の成功を喜びはしていたが、彼はまた雑誌編集者として有名になっていた。『ブロードウェイ＝マガジン』の大成功により、かえって社主のハンプトンとの間がぎくしゃくとしてきていた。ハンプトン自身、ジャーナリスティックなセンスを持っていたので、シオドアの編集ぶりが文学にかたよりすぎると感じ、もっと一般的で、大衆的な雑誌にしたかったのである。

ハンプトンの不満を感じとっていたシオドアは、一九〇七年の六月、バタリック社という女性の洋服型紙を売り物にしている婦人雑誌の大手出版社からの誘いを喜んで受けた。バタリック社は、『デリニエイター』、『ディザイナー』、『ニュー - アイディア - ウィメンズ - マガジン』という三つの雑誌を発行している出版社で、社主のワイルダーはシオドアを見込んで、その三つの雑誌の総編集長に据え、年俸七千ドルを提供し、もしも発行部数がのびるようであれば、それ相応のボーナスを提供しようというのであった。

本格的婦人雑誌へ

この三種の雑誌の中でも、『デリニエイター』が主力で、最初の五十頁は最新のファッションの写真や絵で成り立っており、読者はその型紙をバタリック社から十セントから十五セントで購入できる仕組みになっていた。しかし、創刊してからすでに三十五年になるというこの雑誌は、シオドアにはいかにも古臭く見えた。アメリカの女性たちの感情構造が急激に変わってきていることを、『シスター・キャリー』の執筆と出版から身をもって体験していたシオドアは、この十九世紀的お上品な家庭雑誌を大手術する気だった。

彼はまず自分の書く論説の頁を設け、そこに毎号社会・時事問題を取りあげて論じた。汚染された牛乳、醜悪な町、保守的な公立学校の教育など、当時としては画期的題材ばかりだった。また、新たな頁として、料理、娯楽、その他女性が日常生活で必要な題材を提供するものを設け、さらには都会的センス溢れる短編小説を掲載し、社会問題のエッセイも毎号載せた。当時の政界・財界の有名人、例えばウッドロー＝ウィルソンやウィリアム＝H＝タフト夫人などに自伝的エッセイを書いてもらうという企画もシオドアのものだった。

このようにして、『デリニエイター』をはじめ、『ディザイナー』、『ニュー－アイディア』の三誌は、一九〇八年の一月にはまさに婦人雑誌界の女王のように蘇っていた。シオドアは婦人服の型紙を売るというスタイルを踏襲したまま、新しい世紀に生きる女性読者、特に家庭の主婦たちにより広い視野を持たせようと意図したわけだが、それが見事に成功した。従来三誌をあわせて四十万部に達していなかった発行部数が、一九〇九年の時点では、ついに百二十万部を超えている。編集者としてのシオドアの名声は完全に確立した。

親友メンケンとの出会い

後にシオドアの親友となり、また助言者ともなるヘンリー＝ルイス＝メンケン（一八八〇～一九五六）は、その頃メリーランド州ボルティモアの地方紙の記者をしていた。メンケンは『シスター・キャリー』発表時にこの作品に感激した

親友となったヘンリー＝ルイス＝メンケン

若い批評家の一人だが、後には文芸批評の分野で大活躍をする優れた論客である。シオドアはメンケンとは文通はあったが、まだ直接会ったことはなかった。たまたま『デリニエイター』に小児の健康問題を連載することになり、ボルティモア在住の医師、ハーシュバーグ博士に原稿を依頼した。内容はとても良くできていたが、用語・文体が難解すぎたので、シオドアは博士にゴーストライターを付けることを承諾させ、その役にメンケンを採用した。

これが縁で、メンケンはニューヨークにやってくることになるが、一九〇八年の春、二人は初めてバタリック社のシオドアの部屋で顔を合わせた。以後二人は意気投合し、文学、科学、宗教、社会などの問題を論じあったと言われている。また、メンケンを友人が編集長をしていた『スマート－セット』という雑誌の書評欄の担当として、シオドアは推薦した。メンケンはこの雑誌を舞台に、アメリカのリアリズム文学の擁護者として、文芸批評の世界で大きな影響力を持つ人物になっていった。

メンケンがニューヨークにやってきて、シオドアとの個人的親交が深まるにつれ、ジャグの家で行われるパーティにも姿を見せ、彼女とも親しくなっている。

思いがけぬ破綻

しかし、肝心のシオドアとジャグの間はすっかり冷え、外見では理想の夫婦を装っていたが、シオドアはジャグとの生活を精神的重荷とさえ考えるようになっていた。

その頃、彼はたまたまダンスパーティでセルマ＝カドリップという十八歳の画家志望の女性と出会った。彼は「十八か十九の娘ほど美しいものはない」と書いているくらいで、この自分より二十歳も若い娘にすっかりのぼせあがっている。やがて二人の関係はジャグにも知れることとなり、一九一〇年の春には二人で一緒にいる現場をジャグに見られ、それがセルマの母親にも報告されることとなった。母親はこれをバタリック社の社主ワイルダーに伝え、二人の関係を断たせないなら、スキャンダルとして新聞にこれを流すと脅しをかけた。

バタリック社は何と言っても、家庭の主婦たちを読者とし、顧客としている出版社であるから、名編集長として売ってきたシオドアの不倫スキャンダルは大いにこたえるはずだった。結局ワイルダーは一九一〇年の九月、シオドアにセルマを取るか、編集長の椅子を取るか、二者択一を迫った。

思いがけないことに、シオドアはセルマとの関係を断つことはできないと述べ、辞職を表明した。だが、シオドアの期待とは裏腹に、セルマは故郷のノース＝カロライナ州に帰され、後にヨーロッパに行かされ、母親の手でシオドアから引き離されてしまう。しかし、辞職を表明したシオドアは正式に十月にバタリック社をやめ、生活上の不安はあったが、もう一度小説を書くことを決意している。

『ジェニー・ゲアハート』執筆へ

高給を保証されている職をポンと捨てるというのは常人にはなかなかできないことだが、シオドアのセルマへの思慕がそれほど強かったということであろう。と同時に、もう一つは、大作家への夢を彼が捨てきっていなかったのではないか、と推測できる。そうでなければ、これほどあっさりとジャーナリズムの世界を捨てることはできなかったのではないだろうか。

実際にメンケンをはじめ、シオドアが小説の分野に戻ることを喜んだ人々も多い。当時の大批評家だったジェイムズ＝G＝ハネカーもわざわざシオドアに手紙を書き、小説の世界への復帰を、「わが国の文運にとっても素晴らしきこと」と述べている。

また、ハーパーズ社の編集者で、『シスター・キャリー』を高く評価していたリプレイ＝ヒッチコックは、次作の用意があれば、喜んで出版したいと提案してきている。この頃、すでにジェニーの物語を再度手がける決意をしていたシオドアは、すぐさま返事を書き、その年の十二月一日までには完成させると答えている。もちろん、これはいつものシオドアの楽観的予測であったが、すぐさま彼は一九〇四年に中断していたところから書き進め、一九一一年一月には、何とかして『ジェニー・ゲアハート』の初稿を脱稿した。

第二作の出版と成功

シオドアは、ジェニーの物語を初稿ではハッピーエンドとし、長い間日陰の女として生きてきたジェニーが愛するレスターと最後には正式に結婚することになり、いわば社会的に「道徳性《モラリティ》」の規範の中に立ち返るという形にした。しかし、彼は友人たちにその原稿をまわし読みしてもらい、彼らの意見を率直に聞いたが、その中にローゼンタールという若い才女がいて、二人の結婚はかえって小説の魅力である「哀れ」の感動を減ずる、と述べた。シオドアは彼女の意見に同調した。彼自身、「道徳性」にこだわりすぎて、無理な結末を作りすぎたと感じていたからである。

そこで彼は後半を書き直し、レスターが昔の恋人であり、かつ同じ上流階級の女性と結婚し、ジェニーは最愛の娘ヴェスタさえ病気で失うという悲しい結末にした。ハーパーズ社のヒッチコックは、完成した『ジェニー・ゲアハート』を大変に喜んだが、長すぎると考え、かなり手を入れて削っている。しかし、無事に一九一一年九月に出版の運びとなり、書評は好調で、売れ行きもまずまずだった。

ハーパーズ社はすぐに追いかけるようにして、翌年には『シスター・キャリー』も出版した。この二作によって、シオドア＝ドライサーはアメリカ文学に最も期待される作家としての地歩を築いた。大作家となる少年時代の夢が、およそ三十年の歳月の後にここに実現したのである。

十一　華麗なる時代

ヨーロッパの旅

シオドアの筆力はもう完全に回復していた。『ジェニー・ゲアハート』の原稿をハーパーズ社に渡すと、以前から書き進めていた自伝的小説『天才』にかかり、これを一九一一年の七月には書きおえていた。この小説はあまりにも自己弁明的で、彼の小説の悪い面を表しているが、一九一五年にジョン＝レイン社から出版されている。彼はこの『天才』を脱稿すると、すぐさま前々から野心を燃やしていた『資本家』にとりかかった。

『資本家』は、一九〇五年十二月にこの世を去ったアメリカの富豪、チャールズ＝T＝ヤーキーズ（一八三七―一九〇五）の波瀾の生涯をもとに構想された小説だが、シオドアが当初考えていたよりはるかに厖大なものになりそうだったので、結局三部に分けて出版されることとなる。『資本家』はその第一部ということとなり、ヤーキーズのフィラデルフィア時代に相当するものを扱うが、後に「欲望三部作《トリロジー・オヴ・ディザイヤー》」として扱われることとなる。三部作の中では一番優れており、またシオドアの本領が最も良く発揮されている。

彼はハーパーズ社とこの小説についての出版契約をすでに一九一一年四月に交わしており、翌年七月末日には原稿を渡す約束をし、前渡金《アドヴァンス》の二千ドルを受け取った。しかし、実際には十一月末、かなり書き進んだ時点で、彼はヨーロッパへの長い旅へ出てしまう。

なぜ彼が長い間の念願だったヤーキーズの物語を中断してまで、この時ヨーロッパへの旅に出たかについては、様々な臆測がなされている。一つには、ロンドンの出版社の社主であり、イギリスでの熱烈な支持者だったグラント＝リチャーズが誘ったからである（ドライサーは費用をリチャーズが持つものと考えて、誘いに応じているが、実際は彼もかなり支払っている。それが原因でその後リチャーズと不仲になっている）。さらに、ヤーキーズが実際に晩年を過ごしたロンドンを自分の眼で見たかったため、と考えられている。そして、ついでにヤーキーズが訪れたパリ、また自分の父祖の地であるドイツの故郷を訪れてみたかったためでもあろう。しかし、何よりも、すでにジャグと別居生活をしていたシオドアは、ロンドンにいる恋人のセルマに会い、中年の情熱を再び燃やすことを密かに願っていたと思える。

シオドアにとって残念なことに、セルマの方はすでに恋の夢から覚め、彼がロンドンに来ることを報《し》らされると、その到来を避けるようにして、アメリカへ帰ってしまった。シオドアはセルマとの仲も完全に終わったことを旅の空で実感している。

彼はリチャーズと共に、パリ、南仏、イタリア、そして単独でドイツを訪れる。故郷のマイエンではドライサー一族の墓地を訪れているが、その墓の中に彼は自分と同名の人の墓を見出して愕然としている。彼は自分の発祥の地を訪れにきたつもりなのに、そこに自分の死を見たからである。

帰国の途へ

丸四カ月以上もヨーロッパの各地を訪れ、ハーパーズ社の前渡金二千ドルをほぼ使いつくし、ロンドンに再び戻ってきたシオドアは、ハーパーズ社にさらに五百ドルを送金してくれるよう依頼している。この四カ月の旅の間、彼はヨーロッパの比較的にゆるやかな性風俗を利用して、各地で様々なタイプの女性と関係を持っている。そして、改めて「セックスへの熱情は偉大なる芸術の根幹をなす」と悟ったのである。

帰国の船旅は当初、四月九日にリヴァプールから出航する新造船のタイタニック号を予定していたが、リチャーズがもう一度パリへ行こうと誘ったので、結局四月十三日のクルーンランド号に乗ることになった。偶然のことで、シオドアはタイタニック号の悲劇に巻きこまれなくてすんだが、すでに旅行費用の支払いをめぐって二人の友情は綻びかけていた。後々、リチャーズはシオドアの生命を救ったと人々に吹聴し、それをシオドアは快よく思わなかった、とも言われている。とにもかくにも、彼は四月二十二日にニューヨークに帰り着いた。ニューヨークに船が近づいた頃、彼はデッキから大海原を眺めていて、人生のはかなさを思い、「自分の半生が終わった」ことを実感し、後は仕事にはげむのみ、と考えた。

その年の七月末日、彼は『資本家』の原稿をハーパーズ社に渡す約束だった。帰国してから、彼は中断していたヤーキーズ（小説の主人公の名前はフランク＝クーパーウッドとなっている）の物語を夢中で書き続けた。当初構想していたより長くなりそうなので、ハーパーズ社の要請もあり、三部に分けて出版することとし、まずフィラデルフィア時代の物語だけを約束どおり七月末に書きあげた。

この小説はシオドアの若い頃の成功への野心と、弱肉強食という社会観をよく書きこんであり、かつ十九世紀末の投資と融資の業界の実際を描いている傑作だった。すぐこの後に発表される第二部、シカゴ時代のヤーキーズをもとに書かれた『巨人』（一九一四年）、また晩年になって、死ぬ直前に完成し、死後出版された第三部の『禁欲の人』（一九四七年）と比べても、はるかに良く出来ていた。

『資本家』の出版

『資本家』はその年の十月二十四日に出版され、書評もほとんどが好評だった。特に有力な批評家になっていた親友のメンケンは、『ニューヨーク‐タイムズ書評』誌に長文のエッセイを載せ、シオドア＝ドライサーが小説家として幾つかの欠点を持ちながら、それを長所に変えることのできた新しい時代の作家である、と称揚した。また、自分が主筆をつとめていた雑誌『スマート‐セット』や『ボルティモア‐サン』紙などで、この小説が次に続く二つの長編小説の一部であることも紹介し、アメリカ文学の上で、ドライサーの名前が忘れられぬものとなったことを力説した。

『資本家』はまた、投資と融資の本格的な業界小説だった。記者生活の長かったシオドアの本領が良く発揮されていて、この小説ほど金融業界やその背後にある政界の内幕を克明に描いたものはまだアメリカにはなかった。シオドアは、『シスター・キャリー』で初めて本格的な都市小説を書いたが、この作品で初めて本格的な業界小説を書いたことになる。

シカゴ再訪

一九一二年の十二月、シオドアはヤーキーズの辿った人生の道を追うようにして、懐かしいシカゴを訪れた。彼はここに翌年の二月半ばまで留まるが、かつて少年時代の後半に苦闘したシカゴは大きな変化をとげていた。ミシガン湖からの寒風こそ相変わらずだったが、今やニューヨークに負けない大都会となっていた。それに何よりもシオドア自身が大きな変化をとげていた。アメリカ文学の重要な作家としての彼を、シカゴの文壇の有力者たちが迎えた。特に、ハムリン＝ガーランドやヘンリー＝B＝フラーなどのリアリズム小説の先駆者たちも『シスター・キャリー』や『ジェニー・ゲアハート』を称賛し、彼をシカゴの文学界の人々に紹介した。また、弁護士で詩人のエドガー＝リー＝マスターズは『資本家』を褒め、シオドアにヤーキーズと関係のあった政界や財界の人物たちを紹介してくれた。シオドアはシカゴの有名な図書館ニューベリー＝ライブラリーの近くに下宿し、この図書館で毎日のようにヤーキーズに関する資料を読んだとされている。

華やかな女性関係

ヨーロッパの旅の間も、旅から帰ってからも、シカゴのわずか二カ月半の滞在の間も、シオドアの女性関係は多彩だった。ヨーロッパ旅行は、『四十歳の旅人』としてこの年センチュリー社から出版されるが、シオドアの描写があまりにも露骨で、現実の出版まで社内の編集者たちからかなりの手直しを要求されたほどである。

彼は帰国後、『ジェニー・ゲアハート』の熱烈なファンであるウェズレイ女子大出の若い娘、アンナ＝テイタムと一九一二年の五月から翌年の一月まで同棲している。彼女はペンシルヴァニア州の名門の出で、クェイカー教徒だった。そして、頑固で厳しかった父親の物語をよくシオドアにしたが、それがきっかけで彼は自分の父親のことを憶い、それ以後三十年の間にわたって折りにふれて書き続けることになる『とりで』を構想した、と言われている。

シカゴでも、彼は「リトルシアター」という前衛的な劇団の女優たちの何人かと交際しているし、後に『リトルレヴュー』という重要な文芸雑誌の創始者、編集者となるマーガレット＝アンダーソンにも心を動かしている。ただ、彼女には当時雑誌創刊の資金を提供しようとしている恋人がいたので、シオドアとは深い仲にはならなかったようである。他に、イレーヌ＝ハイマンという女性もいる。彼女は後にニューヨークに移り住み、シオドアの援助で女優となり、芸名をキラ＝マークハムとした女性で、シオドアとはかなり長い間親しくつきあっている。シカゴ時代は、後にニューヨークに移り、小説家として、『マッシズ』という左翼系の文芸雑誌の編集者として有名となった、フロイド＝デルの愛人だった女性である。

それほどハンサムでもなかったシオドアだが、どういうわけか常に美しい、しかも若い女性たちが彼の生活の周囲にいた。女性たちに言わせると、彼には「動物的に彼女たちの心を惹くもの」があったし、また彼は常に女性たちに強く関心を持っていることを感じさせる態度を見せることのできた男だった。その上に、文学的名声が彼を女性たちには魅力的中年男性と思わせたはずである。

シオドアの浪費癖

シオドアは長兄ポールの末路を非常に哀れと考えていたし、自分自身、貧しい時代には無一文で死に、無縁仏としてニューヨーク湾の無人島の墓穴に投げ捨てられる運命を心に描き、恐怖にさいなまれた男である。従って、金銭についてはかなり執着をしていたくせに、成功してからの彼はポールと同じように浪費家だった。

別居しているジャグに生活費を年に千ドルも送るということもあったが、彼は常に金に困っていた。ハーパーズ社から前渡金として大金を何度も貰っていたため、その金額は前三作の印税をはるかに超えていた。さらに、生活費として毎月二百ドルの金を同社から得ていたが、これは次作『巨人』を担保にした前渡金だった。大作家として生活も派手になっていたため、この二百ドルでは足りなかったようで、穴埋めをするため、彼はこの時期少し書きなぐりすぎるほどに書いていた。

ハーパーズ社に約束した『巨人』はもとより、前に書きあげていた『天才』の手直し、雑誌の依頼に応じて書く短編小説、すでに手をつけていた『とりで』、その上に自伝と劇作と、まさに八面《はちめん》六臂《ろっぴ》の奮闘ぶりだった。

その結果、一九一四年五月に『巨人』、一五年十月に『天才』、一六年に『劇作集』、同年秋に自伝の一部となる『インディアナの休日』、一八年に『自由、その他の短編』、劇作の『陶工の手』を、一九年四月に『十二人の男たち』というスケッチ集を出版している。

しかし、総じてこれというヒット作はなかった。『巨人』は第一部の『資本家』と比べてはるかに不評であり、売れ行きも悪く、『天才』は主人公の性遍歴が社会道徳に反するということで発禁となり、メンケンをはじめとする批評家・作家たちが発禁の抗議書に数多く署名する騒ぎとなった。また、『天才』については書評も悪く、特にイリノイ大学の英文学教授スチュアート＝P＝シャーマンは、一五年十二月二日号の『ネイション』誌で、「シオドア＝ドライサーの野蛮なる自然主義」と題したエッセイで、シオドアを「動物的行動の再現のみに心をはせる」作家と断じた。

一方、スケッチ集の『十二人の男たち』だけは、書評は好調だった。メンケンはシオドアの傑作の一つと考えて、大いに称賛してくれた。だが、これはほとんどが以前、経済的困窮と精神的不安定の時代に雑誌のために書いたものだった。それにかなりの手直しをしているが、現在でも『十二人の男たち』はシオドアの代表的なものとして評価されている。ノンフィクション作家としての彼

後にドライサーの妻になる、ヘレン＝Ｐ＝リチャードソン

の力量が最もよく発揮されているからである。

宿命の出会い

シオドアは大作家の名称を手にし、この数年間大奮闘しながら、あまり実り多き時代を過したというわけではなかった。むしろ、逆に小説家としての自信を失いかけていたと言ってよい。さっぱり自分の本が売れなかったからである。

ちょうどその頃、彼に一つの転機となる女性が登場してきた。一九一九年九月十三日のこと、彼の母方の遠い親戚に当たるヘレン＝Ｐ＝リチャードソンという女性が、シオドアのアパートを訪れてきた。彼女はシオドアの弟のエドの住所を訊ねるためにやってきたのだ。この時、ヘレンは二十五歳で、すでに離婚を経験していたが、シオドアの眼には、十九歳ぐらいの金髪を肩まで垂らした非常に肉感的な美女と映った。彼はたちどころにヘレンに恋をした。その週のうちに彼は何度か食事に誘い、週末には二人は夜を共にしていた。シオドアは日記に、「私の人生の新しい一章が今始まろうとしている」と記している。彼はこの時すでに四十八歳だった。

ロサンジェルスへ

ヘレンはオレゴン州に生まれ、幼い頃からポートランドで母親が経営していた小さなホテルで育った女性である。このホテルは芝居小屋の隣にあり、軽演劇の役者たちの常宿だったから、彼女は自然に演劇にあこがれ、幼い頃から舞台に立った役者志望の娘だった。十六歳で同じように役者志望の十九歳の男と結婚し、後に彼の故郷のサウス－カロライナ州で暮らしたが、田舎の生活にあきたらず、夫を捨てて、一九一八年にニューヨークにやってき、秘書の仕事をしながら役者になる機会を窺っていた。

一方、シオドアはボニ－アンド－リヴァライト社と『とりで』についての契約をこの年の八月に取りかわし、前渡金四千ドルを十二カ月の月割りで受けることになっていた。しかも、リヴァライトは友人のハリウッドの映画製作者ラスキーを紹介し、ラスキーのために映画のシナリオを書く仕事をシオドアに斡旋してくれていた。シオドアはニューヨークを逃れて、映画の都として発展しようとしているハリウッドで大金を稼ぐのも面白いと考えて、映画俳優になりたいというヘレンの願いを聞きいれて、ニューオルリーンズを経由して、ロサンジェルスへ移った。一九一九年の十月である。

実りなき四年間

シオドアとヘレンはロサンジェルスに四年間いたが、彼にとっては複雑な思いの時であったと言える。というのは、二人共に正式に離婚していない男と女であり、大作家と女優志願の若い女性との恋の逃避行はスキャンダルになりかねないものだったからである。シオドアはこの頃の日記に書いているが、朝起きて、八時から十時まで仕事をすると、後はヘレンと遊び、日に三度もセックスをすることがあったそうだ。

皮肉なことに、彼が書くシナリオはことごとく返却され、ヘレンが映画のエキストラに雇われ、やがて女優として、端役から助演役まで手にしていくことになった。『とりで』の前渡金だけでは充分ではなかったが、二人はロサンジェルスに一軒の家を買い、一時は本格的にカリフォルニアに住む決意をしたようだった。

秘密の大作

この頃、ボニ＝アンド＝リヴァライト社はシオドアの著作のあらゆるものを手に入れようと躍起となっていた。実際に一九二七年の一月には、ハーパーズ社もレイン社から前作の著作権を買い取り、千部限定のドライサー著作集を出版している。また、この頃は『とりで』のほか、『天才』、『自己を語る』、『女たちの画廊』など次々に出版している。そして、『とりで』の前渡金として渡す月割りのおよそ三百ドルの提供は一九二七年まで続け、シオドアにこの小説の完成をうながしていた。しかし、シオドアは『とりで』を続けることができなかった。そのかわりに密かに別の小説、『とりで』以上に「強烈な《パワフル》」と自分で述べている小説にとりかかっていた。これが『アメリカの悲劇』である。

彼がいつ頃からこの大作にかかりだしたかはまだはっきりしていないが、一九二〇年の八月にはすでに書きだしていることがはっきりしている。というのは、その年の九月六日の日記に、「午後四時まで『アメリカの悲劇』を書く」という一文があり、すでに筆が進みだしている様子がうかがえるからである。だが、この大作の構想を抱いたのは、はるか前のことである。小説の題材となった事件は一九〇六年に起こり、新聞に書きたてられていた。それは、ニューヨーク州北部の小さな町、コートランドに住むチェスター＝ジレットという青年が、妊娠した恋人のグレイス＝ブラウンという女性をアディロンダックス地域にある湖に沈めて、溺死させたという事件で、後に青年は裁判で有罪を宣告され、オーバーン刑務所で死刑となった。

自己を書きこむ

シオドアが特にこのジレットという青年に興味を持ったのは、彼が伝道師の息子に生まれ、厳しすぎるほどの宗教的重圧の中で育ち、そこから豊かで自由な世界を目指しながら、途中で挫折したという経歴である。それは常に貧しい階層と豊かな階層を意識して育った自分の経歴と似かよっていたからであり、『シスター・キャリー』や『ジェニー・ゲアハート』で彼が書きこもうとしてきた主題であったからである。今度は、彼は主人公の中に自己を書きこむことが正面からできる気がし、熱が入り、自分でもこの小説が代表的なものとなる予感を覚えていた。

再びニューヨークへ

一九二二年の夏頃、シオドアは筆が進まなくなっている。ヘレンが助演者クラスの女優として仕事が多くなると、彼は若いヘレンに嫉妬をするようになり、落ち着かない日々が多くなった。二人はずいぶん喧嘩をするようになった。その頃、ニューヨークの友人たちがシオドアにまた戻ってくるようにすすめていたし、またリヴァライト社も次の小説を書かせるためにも、シオドアを近くにおきたかったようで、ニューヨークへ帰ってくるように言っていた。

シオドア自身、ハリウッドでは小説は書けないと実感し始めていたし、ヘレンもまた助演者クラス以上の女優にはなりえないことを悟っていたので、一九二三年の十月末に、二人はニューヨークに戻り、グレニッチ＝ヴィレッジのアパートに住むことになった。しかし、二人の仲はこじれたままで、やがてヘレンは独立し、別のアパートに住むことになった。

シオドアにとってはニューヨークは第二の故郷のようなもので、彼の友人たちとの交際が多かったのに、ヘレンにとっては淋しい環境であり、それが不満の種だった。しかし、二人は以後もついたり離れたりという生活をすることになるが、シオドアは心からヘレンを愛し続けていたようで、常にヘレンを友人たちにドライサー夫人と紹介しており、また実際に、別居したままのジャグが一九四二年に死ぬと、四四年の六月にヘレンと正式に結婚している。

『アメリカの悲劇』の出版

およそ五年の歳月をかけた小説が、一九二五年には完成が間近に迫ってきていた。『アメリカの悲劇』は三部から成っているが、この年の一月九日には二部まで書き終え、シオドアは自分でも「この小説はすごいことになるぞ」と感じていた。

リヴァライト社の編集部も興奮していた。編集長のスミスはシオドアの手直しをした二部までの原稿を読むと、その強烈な感動をシオドアに書き送り、早く三部をとうながした。出版社は二巻本にして、その年の秋を出版予定としていたが、三部の完成にシオドアは意外なほどに手間どった。三部は殺人罪に問われた主人公の裁判の場と、死刑の判決が出た後、処刑に至るまでの主人公の心理状況を描く最も重要な部分だった。シオドアは安易に主人公の犯罪を彼だけの罪とすることができず、そこに社会的な階層差による犯罪という意識を盛りこみたかったのである。その上、処刑の場の実際と、処刑を待つ死刑囚の心理状況の描写について、シオドアは十月に書き終えた三部が印刷にすでに入っていたのに、十一月には自らシンシン刑務所を訪れ、処刑の実状を自分の眼でたしかめ、死刑囚と面接し、さらに原稿に手を入れている。結局、その年のクリスマス用書籍としての出版には間に合わず、しかも、三部が長すぎて、スミスと後に小説家になるマニュエル＝コムロフが手を入れ、五万語ばかり削ったとされている。そして、その年の十二月十日、『アメリカの悲劇』は二巻本で出版された（本が書店に姿を実際に見せたのは十四日とされている）。シオドアはすでに五十四歳になっていた。

成功――富と名誉と美女

シオドアはすっかり疲れ果てていた。面白いことに、自信を持っていたにもかかわらず、『アメリカの悲劇』の書評と世間の反応がこわくて、彼はヘレンを誘い、彼女の運転する車で、十二月八日、本の出版前にフロリダへ逃避行をきめこんでしまった。シオドアは肉体的にも精神的にも不調で、フロリダではベッドに横たわってばかりだったそうだが、やがてそこに良い報《しら》せが次々に入ってきだした。まず編集長が電報で、書評が好調で売れ行きも最高と言ってきた。一月に入ると、リヴァライト社が電報で、すでに一万七千部を売り、さらに版を重ねていると言う。シオドアはわずか一カ月の間に、それまで書いた本を全て集めた収入より以上の大金を手にしたことになった。

次々に現れる一流新聞、文芸雑誌の書評も最高の賛辞をシオドアに贈っていた。シャーウッド＝アンダーソンは、「現代の最大にして、最も重要な作」と述べ、ジョセフ＝W＝クルーチは、「現代の最高傑作」と評し、H＝G＝ウェルズは、「今世紀最高の作」と讃えた。年が明けても『アメリカの悲劇』は売れ続けた。そして、すぐに劇化され、各地で上演されると共に、映画化も決まり、彼は九万ドルという莫大な版権料も手にした。おまけに、この小説の成功で、彼の他の本もよく売れ、ここにシオドアはついに少年時代からの念願がかない、富と名誉を手にすることができた。そして、ヘレンという美女と共に華やかな生活を楽しむことのできる身分となった。

十二　不満足な晩年

文学意識の変化

『アメリカの悲劇』は、アメリカ文学史上でも忘れることのできない作品として今も高く評価されているが、しかし、文学史的に振り返って考えると、もう少し早い時期に発表されていたらドライサーの名声もより高く、そしてより長く人々に記憶されたのではなかろうか。というのは、一九二五年の時点では、文学意識がすでに変わり始めていて、自然主義リアリズムよりも、ヨーロッパの「モダニズム」と呼ばれる新しい文学意識に影響を受けた、「失われた世代《ロスト・ジェネレーション》」の若い作家たちがアメリカに登場してきていたからである。

その事実をシオドアに訴えたかったのは、長い間彼の文学の擁護者であり、親友でもあったメンケンだった。批評家たちの誰しもがこぞってこの大作に絶賛の言葉を惜しまなかったのに、メンケンは二月の、『アメリカン＝マーキュリー』誌上で、痛烈にシオドアをやっつけた。「小説としてはあまりにも生々しい素材の集積」ときめつけ、粗野な文体、冗長すぎる道徳的説教、無意味な言葉の羅列などをあげつらった。しかしメンケンは、それでいながら『アメリカの悲劇』は、「一人の人間を描いた記録」としては、「尊厳さを持ち、ある場合には真の悲劇のレベルにまで達している」ことも認めていた。

メンケンは友人として、シオドアに文学の潮流がただ単に自然主義的記録の域から脱し、より洗練された作品が求められる時代に入ってきたことを、批評を通じて悟らせたかったに違いない。だから、雑誌が発刊される前にシオドアに手紙を書き、批判をしたことの予告をし、了承を求めているが、実際に二月に批評を読んだシオドアは親友の意図を察することができず、ひどくうらみ、以後メンケンの方から友好関係復活の誘いをかけても、しばらくは交際を断ってしまった。

木曜日のパーティ

メンケンの批評は的を射たものだった。彼の諫言をシオドアは素直に受け取り、自らが変化すべきだったのだろうが、彼は成功に溺れてしまっていた。当時の新聞の報じるところでは、『アメリカの悲劇』は小説、劇化、映画化によって、シオドアを百万長者にし、彼をアメリカ文壇の名士にした。リヴァライト社もこれを利用して、シオドアの書いたものを出版し続け、さらに新たな小説を彼に求めた。

シオドアはしかしこの時期、新聞・雑誌の求めに応じて、高い原稿料で短い雑文をたくさん書いているが、肝心の小説はほとんど書いていない。むしろ書けなかったというのが本当のところであろう。ヘレンと共に新しく借りたグレニッチ－ヴィレッジのアパートでは毎週木曜日の夜、パーティを開き、そこには出版社、演劇界、経済界、そしてヴィレッジに住む芸術家コロニーの人々が集《つど》い、華やかに賑わった。

しかし、ヘレンとシオドアの仲は必ずしもしっくりいっていなかった。彼は仕事部屋と称し、コロンバス－サークルに面したビルの一隅に自分だけの部屋を持ち、そこで女たちとの情事を楽しんでいた。中でも、Bという頭文字を持つ女性とはかなり熱烈な関係になっていたことが、当時の日記からもわかっている。一方、シオドアに放っておかれるヘレンは若いハンガリー人のピアニストと情事を重ねていて、これが原因で、シオドアと諍《いさか》いがたえなかった。後に、シオドアはヘレンに迫り、このピアニストと別れさせている。

ロシアへの旅

シオドアは変化を求めていたに違いない。豊かな生活は彼がもともと育った環境を忘れさせるし、また彼が題材として描いてきた貧しい階層の人々を遠い存在にしてしまう。しかし、彼はもう五十五歳をとうにすぎ、自己変化するにも年齢をとりすぎていた。その頃、彼は革命十周年を祝うソ連政府の招きに応じ、新生ロシアを自分の眼で確かめるべく、一九二七年十月にニューヨーク港からフランスへ向かった。パリとベルリンに滞在した後、十一月初めにモスクワへ汽車で出発する予定だった。

彼はアメリカからの訪問団の一行と共に、十一月二日にモスクワ行の列車に乗り、四日の午後同市に到着した。赤の広場に面した大きな部屋を与えられ、シオドアはヴィップ扱いだったが、必ず

ロシアの旅でのドライサー

しも彼が予想していたような待遇と、作家や政界の中心人物たちに会う機会は与えられなかった。彼は自由に新しいロシアを見てまわりたかったが、それが許されず、政府の用意した行事に感心はしたものの、不満であった。

一行の中に後にシンクレア＝ルイスの妻となるドロシー＝トンプソンがいた。彼女はロシアに関する一連の記事を書いているジャーナリストだった。彼女とシオドアはロシアの新しい体制（共産主義）と、アメリカの資本主義との比較を熱心に論じたと言われている。

また、シオドアは映画監督のエイゼンシュタインや、演劇のスタニスラフスキーと面会をしている。特に後者には『アメリカの悲劇』の劇化した脚本を渡し、モスクワでの上演の可能性を探ってもらっているが、政府はそれを許可しなかった。彼はレニングラードに旅をし、その町の壮麗さに感嘆はしたが、総じて彼が感じ取ったのは、政府の強力な権力と団体主義で、個人的な自由の欠如だった。理想としては共産主義体制は彼にとって素晴らしく思えたが、あまり理想的にすぎて、人間味を欠いているし、それに全てが貧しかったのが彼には不満だった。

盗作問題でスキャンダルに

シオドアは結局十一週間あまりロシアに滞在し、一九二八年一月十三日にワルシャワを経てパリに向かう汽車に乗った。その後ロンドンでチャーチルに面会し、ロシアの印象を伝え、二月二十一日にニューヨーク港に帰り着いた。

彼のロシア印象記を新聞や雑誌は熱烈に求め、彼もまた求めに応じて書いているが、あまり優れたものはなかった。リヴァライト社も当然のように一冊の本としての印象記を書くように依頼し、彼は『ドライサー、ロシアを見る』を慌ただしくまとめ、その年の十一月に出版した。

ところが、出版二日目にして、諷刺コラムニストとして有名だったフランクリン＝P＝アダムズが新聞紙上で、ドロシー＝トンプソンの『新しいロシア』と、ドライサーの本の中に重複する文章が幾つかあることを指摘した。トンプソン側は九月七日に出版した本であったから、ドライサーの盗作と非難し、シオドアはモスクワで自分が話したことをドロシーが利用したと弁明した。しかし、どう見てもシオドアの方が不利で、やがてトンプソンから告訴され、文壇の一大スキャンダルとなり、彼はいたく傷つくことになった。

もともとシンクレア＝ルイスとは馬が合わなかったのに、この事件が原因でシオドアとルイスは犬猿の仲となった。しかも二年後の十一月にノーベル賞候補となったシオドアが最終段階でルイスに敗れ、賞を逸したことも、この不仲に拍車をかけたと言える。盗作の裁判沙汰はトンプソン側の告訴取り下げで無事収まったが、派手な騒ぎとなり、宣伝になったはずにもかかわらず、『ドライサー、ロシアを見る』は四千部しか売れなかった。

大不況の時代

一九二九年十月に起きたニューヨーク株式市場の大暴落を機に、アメリカは大不況の時代に突入した。シオドアはちょうどその頃、ハーパーズ社をはじめ、他の出版社から好条件を出されて誘いを受けていたが、結局リヴァライト社と再契約を結び、七年間にわたって月千二百五十ドルをもらうことにしている。しかし、シオドア自身も、リヴァライト社も株の暴落では大きな痛手をこうむっている。シオドアは資産の一部を金貨で五万ドルほど銀行の金庫に保管していたそうだが、株券や債券の類の資産は半減したと言われている。

その上に、不況で本も売れなくなった。リヴァライト社自体が売れ行き不振であったが、シオドアの書く本もさっぱりだった。十一月に出版されたスケッチ集『女たちの画廊』も、大々的な広告宣伝にもかかわらず、部数は期待したほどのびず、書評も名士となったシオドアを傷つけない程度の、当たり障りのないものだった。

不況の時代に入って、文学の傾向は虚無的な「失われた世代」から一変して、社会的問題を扱うものになってきた。本来なら、シオドアにとって格好の時代が戻ってきたはずだが、彼はもう小説を書く気力を失っていた。かろうじて、クララ＝クラークという若い女性の秘書を発見したお蔭で、中断したままになっていた「欲望三部作」の最終篇に当たる『禁欲の人』を、一九三二年から三三年にかけて口述筆記の形で五十四章（出版時の四十八章に当たる）まで進めている。リヴァライト社はこの小説を起死回生の売り物として大きな期待を寄せたが、シオドアはなぜか、完成まで筆を進めなかった。一つには、主人公の晩年を前半生の埋め合せをする聖者的物語にすることに、彼自身が興味をもてなかったことがあった。また一つには、『アメリカの悲劇』の映画化権やその他の作品の映画化権の配分などをめぐって、リヴァライト社への不信がつのり、この小説の原稿を託すことをためらわせた。リヴァライト社は三十年代に入って、急激に事業不振となり、シオドアへの毎月の支払いもすでに減額していたが、三三年についに倒産してしまう。

シオドアは三十年代には小説を書くことより、むしろ政治活動に熱中し、左翼的思想のエッセイを書き、国内を飛びまわっている。かつて自然主義的な弱肉強食の競争原理に共鳴していた彼が、今や共産主義的な平等こそ社会の理想と考えるようになっていた。本心から彼がそう信じたのか、あるいは時代というものが、彼にそう信じさせたのか決めがたいが、ロシアで団体主義の圧力と不自由さにあれほど不満を表明したシオドアにしては、大きな変化だった。

『悲劇的なアメリカ』

一九三一年に発表された『悲劇的なアメリカ』は、シオドアのこの当時の政治意識と活動を知るには格好の評論集である。この中で、彼は徹底してアメリカの資本主義体制を政治・経済・社会・労働問題などのあらゆる面から批判している。しかし、彼の論述には矛盾も多く、論理的ではなく、この本は彼の最悪の書とされており、左翼陣営からさえ不評だった。

むしろ、貧困者層と富裕者層の較差を若い頃から意識してきたシオドアがひどく感情的になって、この較差の壁を解消することをアメリカに求めた、ヒステリックな声だったと考えた方がよいのかもしれない。

経済的にも苦境

リヴァライト社の倒産で、シオドアは同社に対して巨額の借金を背負う身となった。前渡金として毎月支払われていた金額がたまったもので、それに対して彼は、約束の『禁欲の人』も『とりで』も未完のままだったからである。しかも、別居している妻ジャグへの毎月二百ドルの支払い、経済的に困っている兄弟姉妹たちへの仕送り、一緒になったり離れたりと、ドライサー夫人のように振る舞いながら、また独立しているヘレンへの生活費、そして彼自身の派手な生活から、シオドアは経済的に苦境だった。

彼は誘いをかけてきたサイモン＝アンド＝シュスター社と出版契約を交わし、リヴァライト社への支払い、旧作の版権の買収などをさせようとするが、肝心の小説が書けないために、やがてはこの社とも縁が切れてしまい、一時的に貰った前渡金が借財として残る結果になってしまった。

風雲急を告げるヨーロッパ

一方、政治的には、ヨーロッパではヒットラーの擡頭と共に、ドイツが急激に力を強め、各国の脅威となり、ユダヤ人に対する迫害の問題がアメリカ国内でも論議されるようになった。また、社会体制として理想的に思えていたロシアでは、一九三六年から二年にわたるスターリンによる粛清が行われ、これがまたアメリカの親ロシア派の知識人たちを動揺させた。シオドアはかつてユダヤ人迫害の一因はユダヤ人側にも多少あると主張したが、この時ばかりはユダヤ人迫害に決然と立ち向かい、何世紀にもわたって行われてきた無法を解消すべきだ、と訴えている。

ロシアの問題については、彼は依然としてモスクワを支持していた。ソ連の国内問題は彼らに解決させるべき、というのが彼の意見だった。彼はこの頃真剣に共産党への入党を希望しているが、一時は拒否されたが、一九四五年になってついに入党を許可され、正式に党員となっている。

ハリウッドへの転居と最後の努力

このように、シオドアは文壇の名士として、政治的・社会的には活躍していたが、小説はまったく書けなくなっていた。

その上、健康も優れず、彼はヘレンと共にハリウッドに永久に移ることを決意した。一九三九年十一月のことである。最初は仮住まいのアパートで二人は暮らしたが、翌年の十二月にノース＝キングズ＝ロードにスペイン風の美しい家を見つけ、そこに移り住んだ。年の明けた一月に、長年使ってきたニューヨーク州イロキの山荘から家具や本をすべて移し、いよいよ小説を書く環境はととのったことになる。

しかし、シオドアはもう七十歳をこえていた。気力と想像力がむしろ彼にとっては問題だった。一九四一年の十二月、日本との戦争が始まり、ヨーロッパではドイツ軍が優勢に戦いを進めており、カリフォルニアの人々が戦争の脅威を最も身近に感じた時代だった。シオドアは新たに契約を結んだパトナム社から、四二年の秋までに『とりで』を完成するように迫られていたが、これが予想以上に難行していた。やがて、シオドア晩年の女友達となり、秘書的役割を果たすマルグリット＝ハリスという女性の助けを借り、『とりで』は一九四五年に完成している。しかし、出版はシオドアの死後一年を経て、皮肉なことに彼の処女作『シスター・キャリー』を出版しながら、不当な

『とりで』の執筆を助けた
マルグリット＝ハリス

扱いをしたダブルデイ社によってなされた。

彼はしばらく休んだ後、最後の力を振りしぼるようにして、中断していた『禁欲の人』にかかった。正式の妻のジャグことセアラが四二年十月にセントルイスで亡くなり、四四年六月にシオドアと正式に結婚し、ドライサー夫人となっていたヘレンが日常の生活の世話をしながら、かつまた助手として、シオドアの口述したものをタイプに打ち直し、ついに一九四五年の十二月二十七日には最終章の前の章まで辿りついていた。その日、彼は午後五時まで仕事を続け、その後二人で海浜までドライヴに出、素晴らしい夕日を見、満足して家路についたと言われている。

シオドアの死

その夜、シオドアは疲れたからと言い先に床についた。ヘレンはその日にシオドアが口述した原稿をタイプで打ち直し、九時頃それを終えた。そこへシオドアが姿を見せ、出来あがった部分を彼女に読んでもらい、満足気な様子だった。そして、しばらくして二人はそれぞれ床についた。

しかし、午前三時少し前、ヘレンは胸の痛みを訴えるシオドアによって起こされた。すぐにかかりつけの医師が呼ばれ、痛み止めのモルヒネを打ってもらい、小康状態を保つが、痛みの原因は心臓発作によるもので、かなり深刻なものだった。翌十二月二十八日には酸素吸入が施され、シオドアは危篤の状態に陥った。

午後、一時的に良くなり、彼はヘレンにキスをしてくれと頼み、その後「きみはとても美しいよ」と言った。だが、それが別れの言葉だった。午後六時五十分、シオドア＝ドライサーは不帰の客となった。

ちなみに、最後の作品となった『禁欲の人』は、ダブルデイ社から一九四七年に出版された。悲しいことに、死後出版された『とりで』もこの『禁欲の人』も、かなりの売れ行きは示したが、作品としては凡庸なものだった。ヘレンは後にハリウッドの家を処分し、ワシントン州の田舎で牧場を持っていた妹と一緒に暮らしたが、一九五七年に亡くなっている。

II　シオドア＝ドライサーの作品と思想

一　『シスター・キャリー』

世紀の転換期の作家

シオドア＝ドライサーは決して偉大な思想家でも、また哲学者でもなかった。しかし、二十世紀に入って、彼は初めて時代と共に移り変わる一般大衆の感情構造について敏感な作家として登場した男であった。彼が高等教育をほとんど受けなかったにもかかわらず、新聞記者として、あるいは雑誌編集者として大成功したのは、常に時代の志向を察する素質を持っていたからにほかならない。

しかし、生涯の間に数多く出版した小説、自伝、エッセイによって彼自身が何らかの明確な思想や哲学を確立したわけではない。反対に、常に変化する時代の感情構造に敏感でありすぎたため、思想的には矛盾の多い作家と考えられてきた。また、後年になって、共産主義思想への肩入れも、真の共産主義者たちからは非常に懐疑的に見られていた。その証拠に、彼は死ぬ半年前にやっとアメリカ共産党へ入党を許されるが、実はすでに一九三二年に入党を申請しながら、当時の党主だったアール＝ブラウダーによって、ドライサーの思想は党にとって危険な存在となるとして、入党を拒否されているほどだった。

だが、ドライサーに同情して考えれば、小説家は必ずしも思想家である必要はない。人生や社会を見るための考え方は持つが、小説家、特に自然主義リアリズムを標榜する作家は、時代とそこに生きる人間と社会を忠実に記録し、描写していくことが肝要であったと言える。むしろ、固定した思想は社会と時代を描く作家の眼に、特定な色彩を与えかねない。そういう意味では、ドライサーは非常に敏感に、そして率直に（ある場合は率直すぎて、しばしば物議をかもしさえしたが）、人々と時代の変化を描いた作家であった。彼が青年から壮年へとなっていった十九世紀後半から二十世紀前半は、新しい時代を迎えるための一大転換の時であったが、彼はそれを描くために、またその転換を促すために生まれてきたような作家だった。そのため、彼は古い感情構造に縛られていたアメリカの出版界や読者層からしばしば反逆児扱いをされるが、やがて時代の変化と共に、最もアメリカ的な小説の作者として名声を博することになった。

貧しい娘の物語

『シスター・キャリー』は、ウィスコンシン州の田舎町に育ったキャロライン＝ミーバーという十八歳の娘が、一八八九年の夏の終わりに華やかな都会生活を夢見て姉一家を頼り、シカゴに汽車で出てくる場面から物語が始まる。彼女は美貌に恵まれ、後には女優としての素質を開花させることにはなるが、この時点では教育もなく、資力も家系の名もない貧しい素朴な女性にすぎない。自然主義文学という立場からすれば、彼女は潜在的に遺伝的要素に恵まれている可能性はあるが、環境的要素には欠けている存在である。ただし、彼女には現状には満足しない強い向上の意欲がある。これがやがて後に彼女を都会に生きる新しいタイプの女性として際だたせることになっていくが、同時に当時の社会の道徳規範から外れた行為をすることになるわけで、彼女も（そして作者であるドライサー自身も）社会的に非難をされることになった。

十九世紀末のシカゴと労働事情

美しいキャリーは汽車の中ですぐに旅回りのセールスマン、チャールズ＝ドルーエという若い世慣れた男に声をかけられている。そして、話し上手な相手に言われるまま、自分の落ち着き先の姉の家の住所を教えてしまう。しかし、姉の家は狭苦しいアパートで、勤勉な労働者の義兄と赤ん坊との生活で、華やかな都会生活とはかけはなれたものだった。

当時のシカゴ自体は有名な一八七一年の大火の復興も成り、かえって中西部の一大産業都市として急速な発展をとげようとしていた。従って、労働人口が周辺の州からシカゴに流入をしてきていた時代である。キャリーもすぐに義兄のすすめで、シカゴの中心地にある数多くの会社を訪れ、職探しをする。労働人口を必要としていても、教育も職業訓練も受けていない年若い娘をすぐさま採用する会社はそうあるものではない。彼女がやっと見つけた仕事は、製靴工場での皮革の型抜きだった。機械で一日じゅう靴になる皮革の型を打ち抜いていく。手を少しでも休めれば、流れ作業でまわってくる材料が自分の所にたまり、監督にせかされる。そして、一週間働いて得る賃金が四ドル五十セント。キャリーは姉に言われるままに食費に四ドルを渡すと、残ったのはわずか五十セント。会社まで通う交通費さえ事欠く始末だった。

都会の誘惑

ドライサーの記述は、詳細かつ正確で、当時のシカゴの街の賑わいと対照的に貧しい田舎娘の職探しと、労働の現場をとらえている。キャリーの失望もまた如実に描かれている。しかも彼女はわずか三週間働いた後、疲れから病気になり、会社を休んでしまうが、直って会社に行ってみれば、もう馘《くび》になっている始末だった。働かなければ、姉の家の空気も彼女には冷ややかになり、キャリーはあてのない職探しにシカゴの街を歩きながら、故郷へ逃げかえろうかと考える。

そのような時、偶然彼女はドルーエに会う。旅先から帰ってきたドルーエは、キャリーの眼にはいかにも都会風に洗練された若者に見える。彼に誘われるまま、高価な昼食を共にし、衣装を買うための金として二十ドルを手に押しこまれてしまう。さすがに彼女はそれをすぐに使いはしないが、お金さえあれば、という誘惑は非常に強い。都会の誘惑はつまるところ物の誘惑である。そして、物質的な豊かさを与えてくれる金銭の誘惑である。

この後、キャリーはドルーエにすすめられるまま、姉の家を出、彼が借りてくれたアパートで、彼と共に暮らすことになる。幸いなことに、ドルーエという男は女を食い物にする悪人ではない。彼は美しい女性と共にいることを好むだけで、むしろ気の良い優しい男であるが、ただこの時点ではキャリーと結婚したいとかを考えたわけではない。当時の道徳的規範からすれば、正式の結婚をしていない男女が同棲することは、重大な違反行為である。しかも、深刻に咎められたのは女性の方である。キャリーは言うなれば、「堕落した《フォールン》」女であり、社会の掟を「踏み破った《トランスグレッサ》」者となり、二度と社会的にまともな女性としては認められないはずである。

道徳的規範という掟

社会的階段を登るために

キャリーが心の中で自分の行為が道徳的に認められるかどうか、迷っていなかったと言えば嘘になる。物質的な誘惑についのって、ドルーエと生活を共にするようになっても、彼女は何度か自分の姿を鏡に映し、自分を咎めている。しかし一方、彼女は仕方がないとあっさりと自分の運命を受け入れている。というのは、姉の家での生活はあまりにも惨めすぎたからである。それは彼女の夢をことごとく潰してしまうものだったからである。

このへんの彼女の心境をドライサーはぜひ書きたかった。彼は男であったから、社会的規範を多少踏み外しても、それほど深刻な罰を受けたわけではないが、彼の姉たちはそれぞれ掟を破った女性として、社会的な悪評をかい、ドライサー自身、少年期から青年期にかけて、それが原因で大変な劣等感を抱いている。しかし、彼女たちは貧しすぎる環境を脱けだすために、正式な結婚をしないまま、男たちの世話になっている。それが貧しく、子だくさんの移民家族の現実であり、高い教育も職業訓練も受けていなかった女性たちの実状だった。彼らは同じ貧しい階層の男たちと結婚するか、より上の階層の男たちと結ばれて脱出するか、あるいはそれを社会規範が阻むなら、彼らの経済的援助を受け、少なくとも貧困から救われるかの方法しか選べなかったのである。

キャリーが後者の方法に頼ったのは決して不自然なものではなかった。物質的な欲望が強すぎるのでないかという非難を彼女は受けるかもしれないが、表面的にはどう見えようと、アメリカのエネルギーは物質的欲望によってもたらされている。特に十九世紀末から二十世紀初頭にかけて、ドライサーが後の小説『資本家』に書き表したように、弱肉強食、激しい競争原理と物欲によって社会が動いていた時代である。新しくアメリカに入ってきた移民者たちの子弟は、まず例外なく物質的成功を夢見て、社会へ巣立っていった時代である。彼らの夢が実るか、あるいは潰《つい》えて社会の犠牲者（敗者）となるかは、彼らの資質と意志とそして幸運（偶然）にかかっていた。

資質と幸運

キャリーはドルーエと生活するようになり、美しい衣装を身につけ、華やかなレストランでの食事や観劇などの機会に恵まれるにつれ、生来の美貌に磨きがかかり、都会的洗練さを身につけている。そのような時、彼女はドルーエからジョージ＝ハーストウッドという中年の紳士を紹介される。ハーストウッドはシカゴの上流紳士の集うクラブの支配人である。彼はバーテンダーから現在の地位に成り上がった男で、上流紳士たちの客との対応から自然に身についた、上品で贅沢な雰囲気を発散させる。キャリーには黙っていたが、冷たい上流階級気取りの妻と、男女二人の子供がいる妻帯者だが、彼は家庭では冷たくあしらわれ、抑圧した男である。だから、すぐさま彼はキャリーの魅力のとりことなり、旅行の多いドルーエの留守中、キャリーをあちこちに案内するうちに彼女と親しい間柄になってしまう。

キャリーもまたハーストウッドに魅了される。中年紳士で金まわりもよく、品の良いハーストウッドは若いドルーエと比較すると一段上の人間に見える。自分はドルーエよりもハーストウッドによりふさわしいように思えてき、彼との結婚さえ望むようになっている。ハーストウッドとの仲が深まり、人の好いドルーエにさえ気づかれるようになる頃、彼女は偶然の機会から、ドルーエの友人たちが集う素人劇団で主役を演じ、大成功をし、自分が舞台に向いている素質を持つことを発見している。これも偶然から生じた幸運であり、後のキャリーの女優としての成功を暗示する伏線となっている。

ハーストウッドとの駈け落ち

一方、ハーストウッドには不運な偶然がつきまとっている。彼はキャリーとの仲をドルーエにはもちろん、妻にも気づかれ始めている。妻は離婚と財産（家は妻名義となっていた）の全てを求め、彼は社会的にも経済的にも窮地に立つ。この時、店仕舞をしていて、彼は金庫の扉がわずかに開いていることに気づく。クラブのオウナーがきちんと閉めないまま帰宅してしまったのである。中には一万ドル以上の現金が入っていて、彼は思わずその札束を手に取ってしまう。これだけの金があれば、キャリーとどこかへ逃げて、密かに幸福に暮らせる、と彼は思った。

しかし、現実にはそんな途方もないことができるはずもない。思い返して彼が金を金庫に戻そうとした時、袖口が扉に触れたのか、扉は音を立てて閉まってしまった。この偶然の出来事がハーストウッドを犯罪者にしてしまう。彼はその金を手にし、キャリーにドルーエの乗った汽車が事故に巻きこまれ、彼は大怪我をして病院に収容され、キャリーに会いたがっていると嘘を言い、彼女を汽車に乗せ、カナダのモントリオールへと駈け落ちをした。

ニューヨークへ

二人はすぐにオウナーの差し向けた探偵に見つけられ、ハーストウッドは自分の退職金として、盗んだ金から千三百ドルを取り、残りをすべて返却した。それで事件とはしない約束を取りつけたのである。二人は晴れて夫婦のように新天地を求めて、ニューヨークで暮らすことにした。

だが、ホテル住まいをし、食事や観劇の華やかな都会生活の日々はそう長くは続かない。ハーストウッドの持つ金に限りがあったからである。彼は最初は職を求めたが、それが無駄とわかると、ある酒場の共同経営権を買い、三年ほど何とかそこから収入を得た。しかし、酒場の客の質が悪く、彼の期待するような成功は夢だった。しかも不運なことに、地主が変わり、店を閉めなければならなくなる。経営権の金が多少残りはしたが、彼は失業してしまう。二人の住んでいた場所もホテルからアパートへ、さらにまたより地味なアパートへと移らざるをえなくなり、生活は厳しくなっていった。そして、最悪なことに、ハーストウッドは誘われたカードゲームで残っていた金の大半を失ってしまうのである。

キャリーの成功

次第に転落していくハーストウッドに失望したキャリーは、自立の道を探った。彼女は舞台で成功したことを思い起こし、ブロードウェイで女優として食べていくことができればと願い、劇場の求人広告を頼りに面接を受け、幸運なことに、コーラスガールの一人に採用された。週給十二ドルである。しかし、これがきっかけとなり、彼女は美貌を買われ、すぐに週給十八ドルを手にする身となった。ハーストウッドは今では彼女の給料をあてにして暮らすようになる。彼は元支配人のプライドを捨て、何でもしようと心がけ、一時は電車の運転手となったりするがやめてしまい、キャリーの重荷にならないようにと、自分を捨てて友人と新しい部屋を借りて出ていった彼女を追っていこうともしなかった。

キャリーには次々と偶然な出来事から幸運がやってくる。女中の役をもらった彼女が、主役の男女が演じている間じゅうふとしかめっ面をしていたが、それが批評家の目にとまり、可愛い素晴らしい演技として評判になる。キャリーは次々に昇給し、やがてブロードウェイの花形女優の一人にまでなり、彼女の名前や顔を載せたポスターが街角で見られるようにさえなっていた。

ハーストウッドの悲運

一方、ハーストウッドはもともと環境に守られて、支配人の地位を得ていた男である。恵まれた環境を奪われてしまうと、自分の本来の素質が現れてしまう。気弱で、生きる意欲と競争心に欠けた無力な存在で、能力もバーテンダーの仕事以外には何もない。しかも、その能力もニューヨークでは「四十すぎのバーテンダー」はお呼びでなく、働き口さえない。

ドライサーは小説の後半で、キャリーよりもこのハーストウッドの物語を強調して書いている。さながら荒海の中で奔弄される藻屑のように、ハーストウッドは都会の中でかろうじて生きていく。幸運に恵まれ、潜在的素質が次々に花開き、成功の階段を着実に昇っていく若いキャリーと対照的に、ハーストウッドはやっと見つけたホテルの雑用係という仕事さえ、病気になったために失ってしまっている。後は転落の一途を急速に辿るだけである。浮浪者としてニューヨークのバワリー地区という貧民街をうろつき、人に物乞いをし、他の人々の親切に頼って宿を取る。宿がなければ公園で眠る。彼はキャリーを選んだために、シカゴでの安定した生活を追われ、社会のどん底に落ちこんだのである。そしてある冬の夜、ハーストウッドはついに人生に絶望し、自ら生命を断ってしまう。

自然主義思考と人間の存在

自然主義思考の基本は、人間も他のあらゆる生物と同じように物理的存在《フィジカル－ビーイング》であり、それが生存していくためには、遺伝的要素と環境的要素が重要である、と教えている。それに加えて、イギリスの社会哲学者ハーバート＝スペンサーは、人間には他の生物と違って、人間の意志があり、それが人間の生存能力を左右すると考えた。これが「社会進化論《ソシアル－ダーウィニズム》」と呼ばれ、十九世紀末のアメリカで大きな影響力を持った。ドライサーはピッツバーグで新聞記者をしていた頃、スペンサーを読み、その考え方に共鳴している。さらに、ドライサーはこの小説でも何度も書くように、個々の人間を左右するものに、自然主義的な要素のほかに、偶然性という人間の力ではどうすることもできないものが大きな力を持つと考えている。

キャリーは当時の道徳律からすれば、許しがたい存在であった。男性を性的魅力で利用しながら、成功を次々に手にしていく女性だったからである。しかし、自然主義的立場からは、彼女は「生きのびる」力を持つ生物である。女優としての潜在的遺伝子が開花するのは、スペンサー流に言えば、人間の「向上しよう」という強い意欲に助けられたためであり、人間存在としては力強くて逞しい。ハーストウッドはその逆の典型である。恵まれた環境の中でのみ花を咲かせる植物のごとく、一度その環境を奪われれば、ひたすら枯死への道を歩むのみである。興味深いのは、ドライサーがキャリーの物語を書こうと意図しながら、次第にハーストウッドの運命にのめりこんでいくことである。彼にとっては人間の成功物語より以上に、転落の物語の方が大きな意味を持っていた。それは、彼自身が常にハーストウッドのように、いつかは都会の中に沈みこんでいく運命を予期し、恐れていたからであり、そしてまた新聞記者としてその多くの実例を眼にしてきたからだった。

自然主義文学のお手本

ドライサーは、『シスター・キャリー』の結末をハーストウッドの自殺と、それを知らないまま成功したキャリーがホテルの一室で揺り椅子にゆられながら、窓外のブロードウェイの夜をぼんやりと見つめる場面でしめくくった。（ただし、この最後のキャリーの場面は後から書きたされた。それも親友のアーサー＝ヘンリーの手になるものではないかと考えられている。）人生の敗北者と勝利者の対照的な図のようではあるが、ドライサーはキャリーに自らの現在を疑わさせている。キャリーはこれでいいのか、自信のないまま小説は終わっている。

すでに伝記の部分で書いたように、『シスター・キャリー』は、発表時の一九〇〇年から数年にわたって物議をかもした小説である。しかし、ドライサーはアメリカの現実を書いたという自負があった。ただ、それがしばらくの間保守的な読書界から認められなかっただけであり、この処女作は時代が進むと共に、彼が後に書く『アメリカの悲劇』と並んで、自然主義文学の代表的作品として高い評価を受けるようになった。また、これが一九〇〇年という年に出版されたことも記憶すべきことである。新しい文学の時代の訪れと、新しい世紀の感情構造の変化を示す格好の里程標となっているからである。

二 『ジェニー・ゲアハート』

父親の死をきっかけに

ドライサーは、『シスター・キャリー』に次ぐ第二作を一九〇一年の一月に書き始めている。前年の暮、クリスマスの日に父親のポールが七十九歳で長女のメイムの家で死んだのがきっかけだった。彼は父親がかつてメイムの不行跡を非難し、家から追放したにもかかわらず、苦労のまま死んだ母とは逆に、晩年はメイムに引き取られて、比較的に安楽のうちに他界した皮肉に魅せられたのである。

ドライサーは、この第二作『ジェニー・ゲアハート』の前半に、自分の生まれ故郷のテレ・ホートでの貧しい生活をすべて書きこもうと考え、筆は一気に進み、一カ月足らずで現在の本の第一部にふさわしい十章までを書いている。しかし、それからが難行した。というのは、『シスター・キャリー』に対する世評の「不道徳」というレッテルに、彼は現在では想像できないほどに悩んだからである。主人公の女性、ジェニーもまた社会規範の掟を「踏み破りし者《トランスグレッサー》」(これが最初の題だった)だった。だからまた彼女をいかにして「道徳的存在」とするかにドライサーは苦しんだ。ジェニーのような運命の女性は、アメリカにはたくさん存在している。姉のメイムもそうだった。しかし、その現実を書けば、再び『シスター・キャリー』のように世間から葬られてしまう。伝記の部分で書いたように、彼は一九〇四年までは何とか書き続け、オリジナル原稿で四十章まではでは到達したが、そのまま中断し、六年後にバタリック社の編集長の地位を辞職した後に再びこれにかかり、一九一一年一月に初稿を脱稿している。

妥協の産物

前作と同じように『ジェニー・ゲアハート』は、十九世紀末から今世紀にかけて生きた貧しい移民の娘の半生を描いた物語だが、キャリーと違って主人公のジェニーは、作者が何とかして社会に認められるように苦心の末に作りだした、一種の妥協の産物だったと考えてよい。

完璧な美女（それも年若い美女）、品格がありながら、それでいて男心をそそる美女を求めたドライサーだったから、ジェニーは彼の頭に描いた「理想の女性」像だった。第二章で、彼はジェニーの美しさ、優しさ、純真さをこの世の奇蹟のように描いている。彼女はドイツから移民としてオハイオ州コロンバスの町にやってきたガラス職人の長女であり、物語の始まる時点では十八歳になっている。一家は貧しく、その日の食物にさえ事欠く生活の中で、ジェニーは生来の美しさを失わず、母を助けて弟妹たちの世話をする娘である。しかも、貧しい日々でも自然を愛し、自然の風物の移り変わりに感動し、優しい瞳を遠くの見果てぬ夢に投げかけている。

少し理想的に描かれすぎているかもしれないが、このくらいでないと、母親と共に掃除女としてホテルで働いている時に、通りかかったブランダー上院議員という初老のハンサムな男の眼にとまらなかったかもしれない。ブランダーはジェニーの美しさと気だての良さに感動し、最初は彼女の貧しさを和らげてやろうという同情心からだったが、やがて年齢の差と階層の垣を越えて、ジェニーに男として愛情を注いでいくことになる。彼女もそれに応えていくが、彼女の側にためらいがなかったわけではない。

彼女は厳格なルター派の教徒である父から、厳しい躾《しつけ》を受けて育っている。正式の結婚による以外の男女の性的関係は重い罪と意識している女性であるが、また同時に、ホテルの中を往き交う上流階級の男女たちの華やかさに思わず見とれる普通の女である。キャリーの場合と違い、彼女とブランダーとの関係が成立するまでには複雑なドラマがあり、それがこの小説の前半の物語を形成している。

上院議員に見そめられて

自己犠牲の哀れ

ジェニーは常に受け身の女性として描かれている。ブランダーは彼女を「完璧な乙女《パーフェクト・メイドン》」と考え、彼女をわがものとした後、「百年かけて初めてこの世に咲くようなこの花を望まない男が、はたしていようか」と自分の行為を正当化している。しかし、たやすく彼がこの花を手折ったわけではない。

　ジェニーはブランダーとの交際を父親から厳しく咎められ、一時は彼と会うことをやめている。しかし、貧しさのため、兄のセバスチャンが石炭を積んだ貨車から弟妹のために石炭を投げおろしてやっている現場を官憲につかまり、裁判で十ドルの罰金刑を受ける事件が起こったのである。罰金を払わなければ、兄は刑務所に入れられてしまう。彼女は意を決して、ブランダーにこの金の工面を頼みに行くのである。

　ブランダーはそれを哀れに思っている。わずか十ドルの金——彼にとっては取るに足らぬ額だが——のために、必死の思いで、夜おそくに男の部屋にやってきたことを。彼はすぐに警察に出かけ、留置場からセバスチャンを釈放させる手続をととのえ、その足で部屋に待たせていたジェニーの許に戻り、吉報を告げる。ジェニーは嬉しさのあまり、感謝の涙を浮かべて、ブランダーの傍らにかけ寄った。ブランダーは彼女をしっかりと抱きかかえ、上院議員という身分から培ってきた慎重さをつい忘れて、彼女に何度も接吻をしてしまう。

　二人は自然に結ばれてしまうが、この後ワシントンに呼ばれたブランダーは、ジェニーに百ドルの現金と結婚の口約束だけを残し、出発してしまう。そして、不運なことに彼はそこでチフスにかかり、病後心臓発作におそわれて死んでしまう。ジェニーとの新しい関係ができてから、六週間後のことであるが、その間に彼はジェニーに手紙さえ書いていない。悪意からではないが、仕事と病

映画化された『ジェニー・ゲアハート』の一場面。ジェニーとケイン

気のため、万一の際のジェニーの名誉と生活への配慮を忘れてしまっている。

運命を受け入れる女

ジェニーはブランダーの子供をみごもっていた。彼女はそれを父母に話した。激怒した父は彼女を家から追いだしてしまう。母の助けを得、ヴェスタという女の子を出産し、彼女はやがてクリーヴランドに出、ブレイスブリッジ家という屋敷の女中となり、生活をたてていく。しかし、彼女は不幸な運命を決して呪っていない。ブランダーの配慮のなさをも非難せず、ひたすらそれが自分の運命として、素直に受け入れている。

彼女はブレイスブリッジ家を訪れてきたレスター＝ケインという三十六歳の男性に見そめられる。レスターはシンシナティに住むケイン家の次男である。ケイン家はスコットランドからの移民だが、馬車の製造から出発し、後に鉄道の車輌会社を設立して財をなした一家である。長男のロバートは父を助け、会社の重役であり、ケインは父親自慢の息子で、これも会社で重要な役割を果たしている。ほかに三人の娘たちがいて、末娘を除いてそれぞれ結婚をしている、いわばアメリカの典型的な新興財閥の一家である。

その中でレスターは少し毛色が変わっていた。野心的事業家ではあるが、芸術的センスを持ち、兄や姉妹の通俗的生き方に同調せず、未だに独身である。彼はジェニーに会った日から、彼女の美しさに惹かれ、彼女をわがものにしたいと感じている。実はジェニーも密かにレスターに心惹かれるが、身分の差を意識し、ブランダーとの悲しい過去を考え、レスターを避けようと努めている。しかし、積極的なレスターの誘いについに負けてしまうが、そのきっかけとなったのは、父親の会社での事故で、父親が大火傷を負い、ヴェスタを預っている母親が生活の困窮をジェニーに訴えたことである。ジェニーは常に家族の犠牲者のように、レスターの待つホテルに向かっている。

道徳的とはどういうことか

ドライサーはジェニーの二度の行為を彼女の意志によるものより、運命的なものとして描こうとしている。これは、キャリーが男性との関係をあまり罪悪感を持たないまま作り、それを続けたのに反し、ジェニーの場合は罪の意識を強く感じながら、家族のために敢えて自己犠牲を行う哀れな女性であると読者に印象づけたかったからである。社会道徳の規範から外れてはいるが、決して「不道徳な」女性ではないことを、ドライサーは訴えなければならなかった。

しかし、「道徳的《モラル》」な存在とは、単に社会で認めている規範のままに生きる人を言うのではない。そうであれば、事は簡単である。真の意味で「道徳的」とは、人間の心に関わっている。個々の人間にはそれぞれに培ってきた心（＝良心）があり、それによって自らの行為の善悪を判断しなければならない。心に忠実な判断であれば、その人間にとっては、その判断は「道徳的」であったと考えるべきである。当然ながら、その際に問われるのはその人間がいかなる心を培っているかであって、彼が生きる社会の規範では決してない。

日陰の女

現在の読者（特に女性の読者）が『ジェニー・ゲアハート』を読めば、ジェニーの行為に対して歯ぎしりをするであろうが、それを「不道徳」な行為と見なすことはないであろう。彼女は心の中で思い悩んだ末に、彼女自身の感情をも含めて、それが最善のものだと結論しているからである。生来、優しい心を持つ彼女は家族の者のためにはいかなる犠牲をも敢えてするだろうが、またレスターに対する愛情もブランダーに対する場合よりはるかに成熟していて、それを裏切ることは彼女にはできなかったに違いない。

とはいえ、現実の当時のアメリカ社会では、彼女の行為は同情はされても、許されるはずはなかった。彼女はレスターの妻に永遠になれない。レスターが自身がそれを望んでも、彼を取り巻く社会環境がそれを許さない。人間の地位、権利の平等を標榜しているアメリカにしては大きな矛盾だが、後で論ずるが、これをドライサーは階層差として意識し、そのことをぜひ書きこみたいのである。従って、小説の後半の物語は、いかにジェニーが献身的で忠実な伴侶であっても、またレスターが強く彼女を正式の妻として求めても、二人はついに正式に結ばれないまま、ジェニーがいわば「日陰の女」となって生きた記録である。

社会の圧力に屈した男

レスターという男は当時としては反逆児であり、自分の心に忠実であろうと努めた人物である。彼はジェニーがヴェスタという女児を密かに養っていることを知ると、彼女を家に引き取り、やがては自分の娘のようにして育てている。また、度重なる家族の反対、あるいは社会の非難の眼をものともせず、ジェニーと暮らしている。

しかし、レスターの父親が死ぬと、その遺言によって、彼は窮地に追いこまれている。最後までジェニーとの関係を認めなかった父親は三年の猶予期間のうちにジェニーと別れれば、ロバートと同様に会社の株式の四分の一と、その他資産の四分の一をレスターに贈るが、もしもジェニーと結婚するなら、それを全て凍結し、年一万ドルを与えるのみと記していた。

レスターは一度は会社を辞職し、自分の手で事業を起こそうとしているが、それに見事に失敗し、兄のロバートに対抗しようという野心のみが空まわりし、彼は焦る。社会の圧力を初めて身をもって体験したことになるが、彼はそれを逃れるためにジェニーを伴ってヨーロッパの旅へ出る。そして、旅の途中、昔の恋人であり、今は夫に先立たれている富裕なレティ＝ジェラルド夫人に会い、彼女から言い寄られる。

　レティは積極的で、アメリカへ帰る船もレスターたちと同じものとし、次第にレスターの心を動揺させていくのである。ジェニーも二人が船上でダンスをしているのを見、自分はいかにも身分違いだという意識を強く感じてしまう。やがて三年の猶予期間が迫ってくると、兄のロバートは弁護士をさしむけ、直接ジェニーを説得にかかる。レスターの姉妹たちも彼にレティとの結婚をすすめ、レティもジェニーの存在と彼女の人柄の良さは認めながら、レスターに財産放棄は彼自身の存在を無意味にしてしまうと説くのである。結局、ジェニーは三度目の自己犠牲を決断し、レスターの将来のため、自ら身を引き、別れることを弁護士に伝えている。

悲しい女性

　ドライサーは、初稿ではジェニーとレスターが紆余曲折の末、結婚するという結末にしていたが、それではジェニーの存在が「哀れを誘う感動《ポイナンシー》」を呼ばないと、リリアン＝ローゼンタールという若い才女に指摘され、結末を書き直したと言われている。その結果、彼女はレスターと別れて暮らすばかりではなく、その過程で最愛の娘ヴェスタをさえ病気で失ってしまう。最後には、六十歳になったレスターが病気で倒れ、レティがヨーロッパ旅行で留守であったため、死の床に呼び寄せられていたジェニーが彼の死を看取っている。しかし、彼女はその葬式には参列を許されない。ついに悲運な日陰の女という地位を彼女は変えることができないままで終わる。小説の最後、シカゴ駅で故郷に向かうレスターの柩を、ヴェールで顔を隠したジェニーが物陰から密かに見送る場面をドライサーは描いているが、それがジェニーの一生の全てを象徴的に示すのである。

階層の差への憤り

『ジェニー・ゲアハート』では、ドライサーは自然主義の原理的な考え方よりむしろ、アメリカ社会の中に厳然と存在している階層の差の矛盾を強調している。アメリカは当初から「階級の無い《クラスレス》」社会として存続したはずであるが、これは表面だけのことで、富裕者、中産者、貧困者による層があり、同じ富裕者の中でも、民族、家系、宗教などでまた幾重にも層が分かれている。

ドライサー自身、移民者の息子で、貧しい環境の中で育ち、苦闘を経て社会の中に地位を得ているが、それが並大抵の事ではないことを承知している。彼は後に『アメリカの悲劇』で書くように、もしも主人公のクライドという青年が富裕者層の家に生まれていたら、彼は殺人という大罪などと無縁な好青年であったはずと考えている。ジェニーの場合も同じで、彼女があれほど貧しい家庭に生まれ育っていなかったら、その美しさと人柄の魅力で普通の結婚をし、社会から後ろ指をさされることもなかったはずと考えている。

ドライサーはこの階層差の矛盾を、レスターの父親アーチボールドと、ジェニーの父親ウィリアムを例にして密かに書いている。前者はスコットランドからの移民で、荷馬車造りの職人だったが、鉄道の客車と貨車の製造会社を興し、財を成した男である。物語の始まる時点では、シンシナティに本拠をおく大企業の社主であり、町の名士として、家長として家族の者から敬愛されている。一方、後者のウィリアムはドイツからの移民で、ガラス職の技術を持ちながら、新大陸では不運で、自分の技術を充分に生かすことができないまま貧困生活にあえいでいる。誇りと頑なな職人気質に加えて、厳しいルター派の信者であるため、それがかえって子供たちからもうとんじられ、家族の者からは口うるさい無能な父親と見られている。彼がアメリカにおける典型的失敗者、挫折者とすれば、アーチボールドは「アメリカの夢」を実現させた成功者の典型である。

冷静に考えれば、この二人には共通するものが多い。彼らは共に移民者であり、新教徒、勤勉家、節制家である。共に保守的で、頑固で、若い頃は夢見る大志を抱いていた男たちである。何かが二人を失敗者と成功者に分けてしまったが、それは運命論者のドライサーからすれば、偶然の結果にしかすぎない。

だが、ドライサーが指摘したいのは、皮肉なことに、同じ根から出ながら、成功者は成功者だけの階層を作り、障壁を設け、失敗者を拒むことである。まるで成功者の特権が失敗者の病菌に冒されるのを恐れるように、階層の差を強調し、貧しい人々の侵入を阻もうとする。例えば、レスターがメイドあがりの女ジェニーを愛人として囲うということに対しては、兄妹たちは品格のない行為としてからかい、あるいは非難しても、正面きって反対はしない。しかし、ジェニーと結婚するとなると別問題である。彼らはぜったいにジェニーを同じ階層の女性としては認めることができない。レスターも自身を含めて、彼の兄妹たちは自分たちもジェニーと同じ移民者の子であり、アメリカが人間に平等の権利を認めている新世界であることなど、思い起こすことさえしていない。

ジェニーに反映される男性たち

ドライサーが書きたかったことはもう一つある。それは当時の男性たちの現実である。この小説はもちろん、男性の眼から見たジェニーという理想の女性の人生を描きだすものだが、同時にその背後にいる男性たちも彼女の姿に映しだされる。

その第一が父親のウィリアムである。物語の始まる時点では、彼は失職し、病床に伏す無残な失敗者だが、ドイツ的父権の威厳とルター派の宗教精神だけは頑なに家族に押しつける男となっている。しかし、ドライサーは彼の過去の経歴を紹介することから、この男が若い頃はかなり奔放で、自由な精神を持っていたことを暗示する。というのも、彼は故国の徴兵制度を忌避して新大陸に渡ってき、ガラス職の技術を生かすために放浪し、その途中でメノー派の集落にまぎれこみ、十八歳の娘と恋におち、駈け落ち同様でオハイオ州へ逃げてきている。彼はその娘（ジェニーの母親）に六人の子供を産ませ、ついに成功しないまま、貧しい生活を家族に強いてきたわけだが、今では若い頃の自らの自由で奔放な精神はおくびにも見せず、信仰心と勤勉と克己を説き、体面だけを重んずる厳しい父親像を保持しようと必死になっている。

考えようによっては、ずいぶん勝手な男である。しかし、これが挫折者の現実の姿である。彼らは本来「夢見る人《ドリーマー》」だったが、その夢が空しく潰《つい》えると、人生に対して頑なに皮肉な態度を取り、しかも自らを責める人間になってしまう。自責は己自身の心の底に沈むが、表面では自らの犯した過誤を子供たちに繰り返させまいとして、必要以上に口うるさくなり、保守的となってしまう。ウィリアムはドライサーの父親ポールをモデルにしたものとしばしば指摘されているが、それはまたアメリカの数多くの挫折者の典型となっているものだった。

ブランダー上院議員も男性の身勝手をよく示している。彼がジェニーと関係を持つ時期は、選挙に敗れ、上院の議席を失った直後である。彼は初めて公人としてではなく、私人としての幸福を思い、ジェニーをその好ましい伴侶と考えだした頃、彼女の兄の事件が起きている。彼はそれを機に、年齢差と身分差を越えて、彼女をわがものにしようと決意しているが、それはあくまでも初老の男の自己中心的な考えからである。ワシントンに行ってから六週間後の死に至るまで、彼がジェニーの生活や将来に対して何の配慮を示さなかったことにも、彼の無意識ではあるが、男の身勝手がよく書きこまれている。

レスターの場合もそうだが、男は自分の信条や仕事を宿命のように考えすぎる、とドライサーは暗示している。レスターは当時の保守的な富裕階層の男性としては自由闊達な精神を持ち、同情心も豊かな男であり、階層の違うジェニーを自分にとって欠くことのできない存在と考えていながら、自分の信条や仕事を守るために、切り捨ててしまう。父親の遺産を継承し、それを足がかりにして事業家として兄に負けない業績を世に示すことが、全てに優先してしまう。

このような三者三様の身勝手さは、ジェニーを「哀れを誘う」存在にし、当時の男性が願望した「理想的な」女性にしているが、同時に彼女に反映された男性たちの現実も、現在の読者にとっては忘れがたい印象を強く残すのである。男たちの現実はドライサーによって、いわば「隠された意匠」のようにこの小説に用意されたと考えるべきであろう。

三　『資本家』

「欲望三部作《トリロジー・オヴ・ディザイア》」の構想

ドライサーは『ジェニー・ゲアハート』を出版した後、一九一二年の六月に『ニューヨーク－タイムズ書評』誌のインタヴューを受け、次の小説ではもう女性を主人公としない、と宣言している。彼はこの頃から、小説家として自己を存分に注入した作品を書こうと考えだしている。

その手始めに彼の小説の中では最も自伝的だが、自己弁明的な『天才』を書いたが、続いてアメリカの実在の富豪チャールズ＝T＝ヤーキーズ（一八三七〜一九〇五）の生涯を題材として、一人の野心と反逆心溢れた事業家の生涯を書いてみようと考えている。これが後に「欲望三部作」と呼ばれるようになる三巻の小説となるが、ドライサーの思考を最も良く表現したものが第一部の『資本家』であり、ドライサーの能力である記録の才が発揮されているから、十九世紀後半の証券取引の内幕などを知るには絶好である。そのような意味では、ドライサーは本格的経済小説の先鞭をつけているわけである。

ドライサーがこの構想を得たのは、一九〇六年だったろうと推測される。というのは、その年二月四日の日記に、ヤーキーズの経歴をまとめた新聞記事の切り抜きが貼りつけてあるからである。その記事を書いた記者は、バルザックでも今日生きていたら、格好の素材と考えて、大小説に仕立ててあげるのだが、と結んでいた。当時はまだ雑誌編集にあけくれていたドライサーだが、いつかは自分がという野心をこめて、日記にこの記事を貼りつけたのであろう。

実際に彼が三部作の第一作となる『資本家』にいつ取りかかったかは、まだはっきりしていないが、一九一一年の七月、『天才』の原稿を終えてからすぐ書き始めたものと推測されている。当初はヤーキーズの生涯の全てを扱う予定だったが、ドライサーの悪い癖で、書きすぎるためにあまりにも長いものになりそうなので、出版社は三部作とし、第一作をまず出版すべきとドライサーを説得した。彼は不承不承《ふしょうぶしょう》それを受け入れるが、結果的にはそれが最善だった。『資本家』は一九一二年十月に出版され、単独の作品としてもよくまとまっており、大好評だった。

ヤーキーズの生涯

『資本家』の主人公はフランク＝アルジャーノン＝クーパーウッドという。彼はあくまでも小説の主人公で、虚構の産物だが、その素材となったヤーキーズの生涯の経歴を知っていると、小説を読むのに便利である。

ヤーキーズは一八三七年にフィラデルフィアに生まれ、高校卒業後に穀物会社の事務員として働いたが、二十歳の若さで三番街（フィラデルフィアのウォール街に相当する）に株式証券の仲介業者として独立する。そのすぐ後、彼は同地域にあった融資会社を買収し、本格的に株式市場に乗りだし、南北戦争により莫大な利益をあげ、同時にフィラデルフィアの市債を一手に扱うようになり、その過程で違法な利益を得、若い辣腕の資本家となった。

しかし、この違法性が問題となり、彼は破綻をきたして裁判にかけられ、一八七二年に有罪判決を受けて投獄された。七カ月刑務所で服役した後に赦免され、すぐさま業界に復帰し、一八七三年九月にジェイ＝クック＝バンキングの倒産によるアメリカ金融界のショック時に、株の投機的売買によって大もうけし、再び財産をなした。その後、市街鉄道事業への投資で大成功を収めたが、一八八〇年にフィラデルフィアを見限り、西部へ新天地を求めて出発する。

彼は最初ノース＝ダコタ州のファーゴに至り、不動産業を営むが、翌年にはシカゴに移り、ガス会社の統合、北部地域の市街鉄道の開発と投資で、シカゴの最も有力な資本家となる。ミシガン街に豪壮な邸宅を建て、穀物相場と株式証券を扱う投資会社を設立し、世紀末のシカゴで経済界においてはもちろんのこと、政界にまで強大な影響力を揮った。だがその力の強さが人々の反感をかい、多くの敵もつくり、シカゴの金融界からしめだされてしまう。

彼はシカゴを去ることを決意し、ニューヨークの五番街と六十八丁目の交差する角に大邸宅を建て、彼が生涯かけて蒐集した絵画をそこに収めた。その中には、レンブラントやヴァン＝ダイクのものをはじめ、多くの名画が含まれていた。彼は死後それをニューヨーク市に寄贈し、家をそのまま美術館として使ってもらうつもりだった。しかし、彼の事業欲は海を越えてロンドンの地下鉄に向き、その開発と投資の途中で病気になり、ニューヨークへ帰ってきた。そのまま一九〇五年十二月二十八日にこの世を去る。

彼が死んだ当初は遺産の額は千五百万ドルを超えると考えられていたが、実際にはロンドン地下鉄事業への投資のため資産の大半を担保にして、高額の借財をしていた。彼の死後は遺族と銀行との間で遺産をめぐっての裁判が起こり、屋敷や家財道具、それに彼が市に寄贈することを望んでいた絵画まで競売にふされる始末となった。哀れな結末であった。

作者との共通点と差異点

ドライサーがヤーキーズの生涯に惹かれたのは、自分との共通点を多く見たからである。第一に、共に強い欲望（性的なものも含めて）と成功の意欲に駆りたてられて非常に野心的であったこと。第二には、金銭と力に執着したこと。二人は全て金銭によって動き、金銭がこの世の力をもたらし、力がまた金銭をもたらすという感覚を共有していた。第三に、二人は美と芸術を愛するという反面を共に持っていた。第四に、美への執着は女性にも及び、共に一人だけではなく、多くの美女を次々に求め、それによって常に「若く」ありたいと願った。第五に、二人は常に都市の人間であり、都市の長所と短所を充分に心得て、都市を受け入れていたこと。第六に、最も重要な点かもしれないが、都市を背景にした競争原理「弱肉強食」を当然のものとして受け入れ、二人は共に強者（勝者）たらんとしたことである。

　しかし、以上のような共通点はあるが、実はヤーキーズを素材としてドライサーが創造したクーパーウッドは、作者と異なる点もまた数多くある。例えば、クーパーウッド（ヤーキーズもそうだった）は少年時代から大変にハンサムで、俊敏な商才に恵まれていたが、ドライサーは伝記の部でも書いたようにむしろ醜いほうであり、自ら「出っ歯」で「にきび面」であることを恥じている劣等感の強い少年だった。当然ながら、女性たちにもあまり人気がなかった。ドライサーの自信は後年になって大作家として成功してからで、数多くの美女との関係を持つのも、作家としての力量と、彼が美しい女性に対して動物的なほど強い関心を寄せたからと言われている。また、自然界の競争原理である「弱肉強食」についても、それをドライサーは受け入れて小説を書いているが、彼の優れた小説からも理解できるように、自分が強者であるとは考えていない。むしろ逆に、自分は弱者ではないか、やがて敗者として都会の隅で淋しく死んでいくのではないか、と恐れている。

　金銭についても、ヤーキーズと同じように強い執着を持ち、ドライサーが出版社と金銭上の問題で常にもめ事を起こしていたことは有名だが、しかし、彼はやはり文学者であるから、ヤーキーズほど強欲ではない。家庭環境も、父親との関係も大いに違う。ヤーキーズがほとんど無一文から産を成したといっても、父親や伯父の後ろ楯があって、最初の成功の一歩を築くのに対し、ドライサーの場合は、文字通り無から新聞記者に、そして小説家になっていっている。こう考えると、共通点も多いが、むしろドライサーが自分になかった要素もかなり多く見て、そして後者を強調しながら、経済界の巨人という一人の強烈な強者像を創造したと考えるべきかもしれない。

クーパーウッドの名前

実在のヤーキーズと違って、小説の主人公の名前はフランク＝アルジャーノン＝クーパーウッドとなっている。フランクは英語で「率直な」の意で、主人公の言動がそれをよく表している。アルジャーノンはおそらく、ドライサーが少年時代愛読した成功物語の作者ホレイショー＝アルジャーから借用したものと考えられる。つまり「成功」の意が隠されている。さらに、クーパーウッドは『シスター・キャリー』の中で挫折者となるハーストウッドを意識して作られた名前であり、その前半の文字（Cowper）の中に「力《パワー》」(power) が隠されていることからしても、それが「力」を手にする強者を作者によって意図されたことがわかる。

天才少年として

クーパーウッドはフィラデルフィアに銀行員の長男として生まれ、頭の良いハンサムな、それでいて体格にも恵まれた少年に成長している。彼は十歳の頃、魚屋の店先に置かれている水槽に入れられているイカとロブスターの闘いを見、イカがすみをはいて逃げるが、ロブスターに毎日少しずつ食べられ、最後には力つきて食い裂かれてしまうのを知る。

これが自然界に、そして人間の世界にも強者が勝ち、生きのびるという冷厳な原理が存在することを教えることとなり、彼は生涯常に強者たらんと考えるようになる。

人間には強者となる資質がある者とそうでない者がいる。クーパーウッドは前者の典型である。初恋の相手の少女には好かれるし、十三歳の年に問屋街を歩いていて、少年のくせに一箱十一ドル七十五セントの石鹸七箱を三十二ドルでせり落とし、父親にその金を借り、すぐさま雑貨屋に六十二ドルで売りさばき、見事三十ドルの利益をわずか数時間のうちにあげている。

彼はまた他人から好まれる。口では言い表しえない人間的魅力を持っている。キューバで産を成した伯父は彼を一目見て気に入り、その明敏な頭脳と快活な性格を愛し、いろいろと助言をしている。この伯父の紹介で、クーパーウッドは十七歳でウォーターマン社という穀物商の簿記係りとなる。しかし机の仕事よりも、彼にとっては売り買いが面白く、ついにある日ウォーターマンを驚かせる見事な手腕を発揮し、店に残っていた二百バレルの小麦を即座にさばいてみせたのである。

勝者の道をまっしぐら

クーパーウッドにとって、人生はまさに順風満帆であった。惜しまれながら、彼はウォーターマン社を去ると、次に金融ブローカーのタイ社に入り、株式投資を学ぶ。そしてその知識を得ると、独立して証券投資会社を自分の手で興したいと考えだす。その頃、彼を愛してくれた伯父がこの世を去り、彼に遺産のうち二万五千ドルを遺してくれた。彼はその金を資金とし、手形ブローカーとして独立したが、まだわずか二十歳の時である。さらに、彼は以前から心を寄せていた未亡人のリリアン＝センプルに求婚し、五歳も年上のセンプル夫人と結婚し、長男まで生まれる。

クーパーウッドの商法は大胆だが、また非常に手堅く、常にある一定の資金を手許においておくので、顧客の信用もあつかった。事業が発展していくにつれ、顧客の中には株の取引の相談にのって欲しい者、または株売買の代行を依頼する者もでてきたので、彼は証券取引所に座席を持ち、本格的証券会社へと事業を拡大していった。

折しも南北戦争が始まり、経済界は戦争景気でわきたつ。クーパーウッドの手腕発揮の時だった。彼は公債の取引に乗りだし、政界に顔のきくバトラーと友好を結ぶ。バトラーはアイルランド系の移民だったが、小さなごみ屋から身をおこし、今では市の清掃業を一手に引き受ける会社を持ち、フィラデルフィアの有力政治家たちを友人に持つ有力者だった。彼は株式投資に興味を持っていて、その代行業者を選ぼうとしていた。それを若いクーパーウッドにしようと、バトラーは自宅に彼を招いた。すぐさま気に入り、以後彼に市の有力者たちを紹介し、一種の後ろ楯のように振る舞うのである。

クーパーウッドもバトラーの率直な気質を愛し、父のように敬愛したが、やがてその家に出入りするうちに、バトラーの長女、美しく情熱的なアイリーンを愛するようになってしまった。彼女もまたクーパーウッドを愛するようになり、二人は密かに彼が借りた家で逢瀬を楽しむ仲になっていた。

クーパーウッドの事業はますます拡大していた。彼はバトラーに紹介された市の収入役ステイナーという男を通じ、市の公債を扱うと同時に、市から低金利無担保で五十万ドルもの大金を借り受け、それを証券市場で運用し、巨額の利益をあげていた。わずか三十そこそこで、彼はフィラデルフィアの証券業界の英雄となった。

好事魔多し

ところが、彼が三十四歳の一八七一年十月七日、シカゴで大火が発生した。火はシカゴの中心部を焼き払い、四日間も燃え続けてやっと五日目に鎮火した。この影響で保険業界、株式業界は全国的に大打撃を受けた。

クーパーウッドも最も大きな打撃を受けた一人だった。というのは、この時点で彼は市の金を借り入れていたばかりでなく、父親の銀行をはじめ、有力な銀行や政界人から資金を預り、鉄道関係の株式に手広すぎるくらいに投資をしていた。大火の余波で株価が一気に下がり、資金の撤収を求める銀行や個人客へ返済する資金の手当てをしなければならなくなった。彼は窮地に立った。

彼はステイナーから市の金を三十五万ドルぐらい借り入れ、その場を乗り切ろうとする。ところが、ステイナーがたまたま休暇を取り、鴨猟に出かけていて連絡が取れない。クーパーウッドはバトラーに実状をすべて打ち明けて話し、資金援助を頼みにいく。バトラーは最初は好意的だったが、金額があまりにも大きかったので、一晩考えさせてくれとクーパーウッドを帰している。ところがその夜、バトラーの許に一通の密告の手紙が届けられる。そこには、クーパーウッドと最愛の娘アイリーンの情事が書かれていた。彼は娘を奪われ、しかも妻子ある男が娘を情婦のように別の家に住まわせるというやり方に憤激し、たちまちにしてクーパーウッドの敵となり、彼を社会的に抹殺しようとする。

必死の戦い

このような劇的展開はドライサーの創造した虚構である。実際にヤーキーズが恋をした女性は薬品会社の化学分析を行う人の娘で、メアリー＝ムーアというが、その娘の父親にはバトラーのような政治的力はなかったとされている。また、バトラーにしても、ドライサーがセントルイスの記者時代にインタヴューをした政治家をモデルとして創造した人物である。ただ、このあたりのドライサーの描写は迫真力があり、小説の圧巻となっている。

ドライサーはここに追いかけるように、もう一つの偶然の出来事をつけ加え、クーパーウッドの窮地に迫真性を与える。バトラーの政治力で自分の身を恐れたステイナーは市の貸金を拒み、他の政治家、銀行はすべてクーパーウッドに資金をまわすことを拒む。それどころか、彼らはクーパーウッドに投資した資金の撤収を求める。資金手当てに窮した彼は、市の減債基金《シンキング・ファンド》に充当するため市債を六万ドル分買い入れたと市の会計係に言い、その分の小切手を切らせ、現金化し、減債基金に入れないまま、それを流用してしまう。

　この事実以外にクーパーウッドの資金操作に非合法性はない。これさえ、後日彼が減債基金に六万ドルを入れておけば何も問題はない。ただ、時期が悪かったのと、クーパーウッドの見せたわずかな人間の「弱さ」が、彼を法律的に罪人にしてしまう。

　バトラーの裏工作で、クーパーウッドが市から莫大な公金を引きだし、投資に使っていることが暴露され、彼は市民の非難を受けながら倒産する。彼とステイナーは裁判にかけられ、公金横領の罪で有罪の判決を受け、投獄される。これは戦いである。クーパーウッドは強者であるが、バトラーとさらにその背景にいる政治家たちも強者である。前者は一人の力で社会に生きる男、後者はクーパーウッドのような野心的事業家から金を吸い取り、肥え太ってきた権力者たち。ドライサーはその中間にいるステイナーのような人物を弱者と見たて、権力者たちに道具として使われる犠牲者であると書く。

強者は蘇る

　刑務所に入れられたクーパーウッドは決してめげることがない。彼の人格、頭脳の明敏さは刑務所長さえ圧倒する。幸運なことに、彼が入所してから半年も経たないうちに、バトラーは心臓発作で急死し、クーパーウッドを取り巻く事情が変わってきた。彼は四年三カ月の刑を受けていたが、彼とステイナーに対する赦免の請願が受け入れられて、二人はわずか一年と三カ月で釈放された。一八七三年三月のことである。クーパーウッドはすでに刑務所の中から自分の代人を立て、株の売買を行って、かなりの資金を手にしていたが、出所すると、自分は表面には出ず、小さいながら再び投資会社を興した。

幸運は続いた。その年の九月十八日、アメリカの経済史上でも有名なジェイ＝クック＝バンキングの倒産によるパニックが起こったのである。クーパーウッドは今でいう「空売り」戦術に出て、鉄道株の下落をあおりたて、底をついた時点で一挙に「買い」に出、巨大な利益をあげた。強者の復活である。彼は敗軍の将としてではなく、再び勝者としてアイリーンを伴い、フィラデルフィアを後にし、西部へ新たな野心を燃やしながら旅立つ。彼が三十六歳の時である。

自然界における必然の方程式

ドライサーは、「弱肉強食」の論理が競争原理を許容するアメリカ社会の中に強く生きている、と信ずる作家である。この小説だけでなく、『シスター・キャリー』でも明らかだが、キャリーが強者であれば、ハーストウッドは弱者である。だがドライサーには単なる強者礼賛というところがない。彼はある意味でペシミストであったから、自然主義的決定論に半ば賛同しながら小説を形造るが、反面では人間の力の及ばない運命が働いていて、所詮人間はどのような強者でも、永遠の勝者になれないのではなかろうかと考えている。

ドライサーはそのような考えを「人生ノート」というエッセイの中で「必然の方程式《イクエイション-オヴ-イネヴィタブル》」と呼んで書いている。自然界においては、「弱肉強食」という論理だけでなく「バランス」の論理が働いていて、プラスの後にはマイナスがあって、必ずバランスを取る。強者は一時的に勝者となっても、やがては敗者へと転ずるのである。バトラーはクーパーウッドとの闘争に勝ったように見えながら、皮肉なことに急死してしまい、愛娘を含めて全てを失う。クーパーウッドとて同じである。彼は自らの力をたのみに経済界と政界を相手に華々しい戦いを繰りひろげているが、勝利の後には敗北という周期《サイクル》をその死に至るまで続ける運命である。ドライサーがヤーキーズの生涯を小説に書くと決めた理由の一つは、ヤーキーズが並外れた強者でありながら、究極には敗者に終わるという運命を背負っていたことが挙げられよう。いや、少なくともドライサー自身がヤーキーズの人生をそのように解釈したからであろう。

しかし、ドライサーとしてはヤーキーズは少し強烈すぎた。特に彼のシカゴ時代をモデルとした『巨人』（一九一四年）では、クーパーウッドはより奔放に、より過激にとなり、超人的となっている。作者自身と共通する部分が薄くなり、ドライサーの本来の願望であった凡庸な人間の要素が消えてしまっていた。いかにして自分を主人公の中に書きこむか、それが作家の願望だが、クーパーウッドはドライサー自身からも遠い存在になっていた。『巨人』が今日ではほとんど読まれることのない作品になってしまった理由も、そしてまた、ドライサーが三部作の最終編となる『禁欲の人』を書く興味を失い、死ぬ直前にやっと取りかかり、かろうじて書き終えたという理由もそのあたりにあったのではないか。「欲望三部作」はむしろ、『資本家』だけで充分だったと言うべきだろう。そして、より平凡な人間の運命に作者自身を投影して書くというドライサーの願いは、『アメリカの悲劇』に至って初めて結実する。

四　『アメリカの悲劇』

ドライサーの傑作

自然主義作家として、また二十世紀前半を代表するアメリカ作家として、シオドア＝ドライサーが今日でも高い評価を受けているのは、『アメリカの悲劇』のためである。彼は生涯実に数多くの小説、エッセイを書いているが、残念ながら、その多くが忘れ去られてしまっている。文学史的意味あいで『シスター・キャリー』は今も重要な作品として話題になるが、作者の体験と思想を充分に注ぎこみ、小説としても劇的な展開を持つ『アメリカの悲劇』はドライサーの最高作であるばかりか、二十世紀に入っての二十五年間、アメリカ文学が自然主義によるリアリズム手法を着実に確立していた時代の、最も優れた作品であったと言ってよい。

長い間心に秘めた主題

ドライサーがこの小説の執筆にかかったのは、伝記の部分でも書いたとおり、一九二〇年の夏頃であったろうと推測されているが、平凡な青年がより良い社会的地位を望むために、邪魔になってきた女性を殺害するという主題は、彼が何十年となく心に秘めていたものだった。すでに一八九二年、セントルイスでの記者時代に、彼はある青年が恋人を毒殺するという事件を追い、読物記事にしている。また、一八九四年には、ある医学生が妊娠した恋人に中絶剤と称し、毒薬を仕込んだピルを与えて殺害した事件に強い関心を示している。さらに、一八九九年に、デュラントという男がサンフランシスコで妊娠した恋人を鐘塔の上に連れていき、そこから投げおろして殺害した事件を知り、そこにも同じパターンを見ている。

このような事例をドライサーは十数例集めていたが、その中でも短編小説にしたもの（「台風」）が一つ、長編にしかけて中断したものが二つ（未完の『熊手』と『アメリカの悲劇』――これは現存の作品とは違う）あった。特に未完の『アメリカの悲劇』は、マサチューセッツ州のハイアニスにいた青年牧師のリッチセンという男が、妊娠した愛人のリンネルという女性を殺害した一九〇七年の事件をもとにしていた。リッチセンはケンブリッジの教会の牧師に昇進し、そこに移り住んだのを機に、その土地の上流社会の女性と婚約したが、リンネルに結婚を強要され、密かに彼女を殺してしまった。ドライサーはこの小説を六章まで書き、題まで決めていながら中断し、これとよく似ているが、より自分を注入できるチェスター＝ジレットの犯した愛人殺害の事件をもとにするよう急遽改めている。

チェスター゠ジレットの事件

これは正式にはグレイス゠ブラウン・チェスター゠ジレット事件と言い、一九〇六年の七月十二日に、ブラウンの溺死体がニューヨーク州北部のアディロンダック山岳地域にあるビッグムース湖で発見されたことから発している。湖畔のホテルに残されていた男のコートや女の帽子から身許がわかり、行方不明となっている男、チェスター゠ジレットが犯人ではないかと思われ、近くの別のホテルに宿泊していた本人をすぐさま逮捕した。

ジレットは一八八四年にネヴァダ州で伝道師の息子に生まれたが、十四歳の時に家出をし、オレゴン州からカナダまで雑職につきながら放浪し、一時は印刷所の見習い工になったりしている。後にサンフランシスコに至り、船員となって西印度諸島まで出かけているが、また陸へ戻り、中西部に来て鉄道員になっている。たまたまイリノイ州のザイオンの町で、東部で成功している伯父のノア゠ジレットに出会い、伯父のすすめるまま、ニューヨーク州コートランドの町の伯父のスカート会社に勤めることになった。

一方、グレイス゠ブラウンはニューヨーク州西北部に住む貧しい農家の娘だった。九人の兄弟姉妹がいて、家計を助けるためコートランドに住む姉の許に寄宿して、スカート会社に勤務していた。ジレットは彼女の上司であり、二人の関係が親密になると、彼女は姉の家を出、部屋を借りている。そこで二人は密かに会い続けていたが、彼女が妊娠するとジレットは無理矢理彼女を実家に帰らせ、縁を切ろうとしたらしい。しかし、結婚をしてくれなければジレットの伯父に全てを打ち明けると彼女が迫ったため、ついに殺害を計画したのである。

裁判では、ジレットは無罪を主張し続けた。ブラウンが自ら湖にとびこんだので、自殺であると言った。しかし、検察側は彼女の側頭部に残っていた打撲傷を証拠に、彼女はジレットの手にしていたテニスのラケットでしたたか撲られた上に、水に突き落されたと主張した。結果は、ジレットは第一級殺人で有罪となり、処刑されたのである。

ドライサーとジレットの類似点

ドライサーが似たような数多くの殺人事件を捨て、このチェスター＝ジレットの事件を最終的に素材を選んだのには、幾つかの理由が考えられる。まず第一に、ジレットが貧しい伝道師の息子であり、父親を中心とした宗教的環境に不満を持ち、十四歳で家出をしたことである。ドライサーもまた宗教心のあつい厳格で頑固な父親の許で、常に不満を持ち続けて少年時代を送った男である。幸い彼には優しい母親がいたため、十六歳までは家にとどまっていたが、それから家を出、自立しようと苦闘したことはすでに前に書いたとおりである。

第二に、ドライサーはジレットの中に自分と同じ野心の大きさを見ていることである。ジレットが雑職を渡り歩くのは、自分の野心が大きすぎるため、常に自分の場というものを見いだすことができなかったためと考えている。余談だが、ジレットが中西部に来て鉄道で働いたことも、ドライサーの若い頃の体験と似ているし、また、自分で稼いだ金で、二年間オーヴァリン大学の学生になったことも、ドライサーのインディアナ大学で一年過した経歴と似ていた。

第三には、二人は共に意志（特に性欲を抑える意志）が弱かったことである。社会進化論者のスペンサー流に考えれば、社会の中で人間が適者（＝成功者）になるためには、他の生物と同様に遺伝的要素、環境的要素に恵まれるのが重要であるが、それ以上に人間の意志の強さが求められる。ドライサーは自分自身を非常に性的欲望の強い人間で、それを抑える克己心に欠けると考えていた男であるから、それと同じ意志の弱さをジレットに見、彼が野心の大きさと意志の弱さという矛盾しあうもののために、大罪を犯す羽目に追いこまれたと考えた。

クライド＝グリフィスの創造

実際のチェスター＝ジレットが、ドライサーが考えたような人間だったかどうかは怪しい。現実にはもっと単純な男で、女性を食いものにする冷酷な人物だったかもしれない。しかし、ドライサーは自分と共通する環境と精神を彼の経歴の中に読みとったため、『アメリカの悲劇』の主人公クライド＝グリフィスを創造する時、ためらうことなく自らの少年期から青年期へ至る心情を書きこむことができたのであろう。ヤーキーズを素材としたクーパーウッドの場合と違って、ドライサーは初めて自分に似つかわしい人物像の原型を得た思いではなかっただろうか。環境に恵まれず、遺伝的素質もそれほど自信の持てるものではない人間は、ドライサー自身を含めて、アメリカには数限りなくいる。それにもかかわらず、アメリカに移民してきた者も、生まれ育った者も、成功への野心だけは大きい。そのくせ、彼らの多くは物質的欲望と性的欲望にたやすく負けてしまう若者たちであり、野心と欲望の大きさが彼らをかえって大きな破綻へと導いてしまう。ドライサーはこのような若者たちの運命を、「アメリカの」悲劇であると考えた。

クライドの少年時代

物語は中西部の人口四十万ぐらいの中都市の街頭から始まる。夏の夕暮れ時、グリフィス一家六人の者が町を歩いていく。貧しげな男、七つほどの男の子の手を引いて、男に従う妻らしき女性。その後ろから十五歳と九歳の娘、そしてこの物語の主人公となる十二歳の少年クライドが眼を伏せて歩いていく。

男はエイサ＝グリフィスと言い、正規の資格を持たない伝道師で、この町の一隅に貧しい伝道所を持ち、街頭で説教をし、細々と暮らしをたてている。妻は貧しい農家の出で、夫に従って伝道の仕事に熱狂的にたずさわる女である。優しく、貧しい生活を切りもりしていくことはできるが、それ以上には考えも及ばない。町から町へと移り住み、その日の食物にも事欠く生活でありながら、彼女は夫と共にひたすら伝道にはげみ、自分の子供たちに適切な職業教育を施すことも考えない。

ドライサーはクライドの素質と環境をこの物語の冒頭によって示唆する。彼は父母の素質を承《う》けつぎ、多少ロマンチックな性格ではあるが、素質としてはそれほど特筆すべきものがないと書く。また、父母の熱狂的宗教心はクライドをはじめ、子供たちには反撥こそされても、かえってマイナスであり、しかも環境的要素として重要な知的教育の欠如が、彼らが社会へ出ていく際に不利に働くことを示す。

少年のあこがれ

一家の者の後から眼を伏せて歩いていくクライドは、町を往く人々の華やかさにひきくらべて、自分の惨めさ、恥ずかしさを痛感している。彼は自分の人生はこのように貧しく惨めではないはず、ここからいつかは逃れて、物質的に素晴らしい生活を手にしたいと考える。

だが、それは根拠のないただのあこがれにしかすぎない。彼はやがて成長し、高等学校へ進んでも勉学へ熱を入れることもしない。早くから何か職につき、金を稼ぎたいと考えるが、自分に誇りだけは持つので、工員や職人の仕事をする気持ちはさらさらない。良い洋服を着、美しい女性たちと歩く生活、ただ漠然とそういう生活にあこがれるだけである。そして、彼は十六歳になってしまう。この頃から異性を強く意識し始め、自分の外見にひどく敏感な少年になっている。時折り鏡に自分の顔を映して見いることさえする。形の良い鼻、高く白い額、豊かに波うつ黒髪、そして幾分憂愁の気配を漂わせる黒い瞳。クライドはなかなかハンサムである。だが生活の貧しさと、社交性がないために、彼には女友達さえいない。

自立を誘う出来事

あこがれだけで世の中をじっと見つめるクライドに、自立を誘う出来事が突然に起こる。姉のエスタが旅回りの芸人と駈け落ちしたのである。厳格な父親は娘の不行跡に舌打ちするばかり、母親はひたすら娘の身を気づかい気落ちするだけ。クライドは姉に先をこされた気持ちになった。これがきっかけで、彼は高校を退学し、その年の暮から町のドラッグストアのソーダファンテンの見習いの職についた。少なくとも、若い男女が飲物や軽食をとりにくる華やいだ場所だったが、週給わずか六ドルの職場だった。

現実の社会

しかし実際に働き始めれば、それは最低の職だった。見習いといっても、何も教えてくれるわけでもなかったし、ただ雑役夫のようにこき使われるだけだった。クライドは新たな職探しを始める。町で指折りのホテルの中にあるドラッグストアに職を求めにいき、断わられはしたものの、店の主人からホテルでベルボーイを一人求めているという情報を得た。彼は勇気をふるってボーイ長に会う。三十代の立派な服装をしたボーイ長は、最初は貧し気で経験のないクライドにためらいを見せたが、翌週から働きにくるように指示した。月給はわずか十五ドルだが、食事は使用人食堂で食べられるし、それにチップが一日平均四ドルから六ドルはあるという。クライドは天にも昇る気持ちだった。何よりも金ボタンのついた小粋な制服を着て、豪華な雰囲気のホテルで、あたかも上流社会の一員のように動きまわることができる。

しかし、これは少年の錯覚である。ベルボーイはベルホッパーと呼ばれたが、これは文字通り、フロントデスクの男がベルをチンと鳴らせば、ベンチで座って待機しているボーイたちが順番に応じて、ひょいと立ち上がる(＝ホップ)ことからついた名前である。当時はよほどの例外でない限り、ベルホッパーは一生その位置から昇進することのない職業だった。クライドもそれにはすぐ気づいている。チップは彼が思っていた以上に多く、母には内緒でそれを貯めこんでいたが、仲間のボーイたちは月給日ともなれば、酒を飲み、豪華な食事をし、それから女たちのいる娼家へ遊びにいく。中には賭博にうつつを抜かす者もいた。未来への展望を持つことのできない少年たちの現実だった。

クライドの初体験

最初は仲間たちの誘いを断っていたクライドも、ホテルでの生活に慣れ、先輩である少年たちとも親しくなるにつれ、ついにある月給日の夜、彼らのあとについていく。町一番のレストランに入り、少年たちは世慣れた男たちのように酒を注文し、食事をとる。そこを出ると、彼らは淫らな自慢話をしながら夜の町を歩き、とある家の石段をのぼっていく。

中へ入れば、派手な家具をおいた居間に若い女たちが薄い衣服をまとって微笑をたたえて少年たちをとりかこむ。クライドの前にも一人の金髪の女が座る。女はやがて彼を二階の部屋に優しく誘う。悪ずれした女でなかったのはクライドにとって幸いだった。彼は初めての性の体験に一時的に強い罪悪感に襲われはしたが、時がたてばその甘美な妖しげな印象だけが心に残り、また女を求めたい欲望にかられた。

浮気な少女への思い

クライドは仲間の少年たちと同じように、ふつうの女友達を持ちたいと思うようになる。そして、ある日仲の良い友人、ラッタラーから、妹の友達であるホーテンス＝ブリッグズという女性を紹介された。彼女は美しい女だったが、浮気で、派手好み。まだ女性を見る眼を持っていないクライドはたちまち彼女のとりこになり、やがて手玉に取られるようになってしまった。彼女はクライドの気を引いては品物をねだる類の女だったが、彼の思いはつのるばかりだった。

ホーテンスはついに百ドルをこえる高価な毛皮の外套までクライドにねだる。彼もそれで念願の女性を自分の自由にできるならと、分割払いでならと承知した。折りしも、彼らボーイ仲間で車を借り、ホテルへ泊まってスケート遊びをする旅に出るが、その帰途、車を運転していたスパーサーという男が道に走り出てきた女の子をはねてしまう。スパーサーはそのまま車を走らせ、町はずれの石材置場に車ごと突っこみ、彼を残して少年たちはそれぞれに逃げ去ってしまうのである。クライドもそのまま家にも帰らず、故郷を捨て、あてどもなく走り去った。

それから三年後のシカゴ

故郷の町を捨てたクライドは事件の三年後、すでに二十歳になっていた。彼はシカゴに出て、相変わらずホテルのボーイの仕事をしていたが、偶然旧友のラッタラーに出会い、彼の紹介でユニオン－リーグ－クラブという会員制の高級ホテルで働くことができるようになっていた。

そこは各界の名士だけが出入りするクラブで、そこに宿泊する紳士たちはみな知的で落ち着きがあり、しかも他のホテルと違って、彼らには女性の影さえない。クライドはやがては彼らのように成功したいと考えるが、そうするためには強い克己心が必要であり、特に性的ないまわしい情熱に溺れるようであってはいけない、と心に刻みこんだりもした。

成功者の伯父と出会う

しかし、現実のクライドはボーイから上に昇進することもかなわない。時がたち、すでに二十一歳にもなろうというのに、教育もない彼は安い給料とチップだけに頼る生活だった。たまたまラッタラーがサミュエル＝グリフィスという客が泊まっていることをクライドに教えてくれた。同姓だから縁でもあるのでは、という軽い気持ちからだった。実はそれはクライドの伯父だった。父の兄で、東部で成功してライカーガスという町でワイシャツとカラーの製造会社を経営していることは、クライドも聞かされていた。伯父の部屋の係りはラッタラーだったが、彼のはからいで伯父の許に郵便物を届けにいかされたクライドは、エイサの息子であることを名乗り、もしも可能なら伯父の会社で働く機会を与えてくれないかと頼んだ。

サミュエルは、一目見てクライドに好感を抱いた。息子のギルバートとよく似た顔だちの甥が社会の底に埋もれているのを気の毒にさえ思い、東部へくる気があれば、会社で使うと約束した。やがて、約束どおり伯父から手紙が届き、クライドはそれを手にニューヨーク州ライカーガスという小都市へ旅立った。

孤独な環境

ライカーガスはクライドがこれまで過したシカゴや、その他の中西部の都市とは異なっていた。規模もはるかに小さく、市の中心こそ活気があったが、田舎町に等しかった。住宅地には土地の名士たちの豪壮な屋敷が並んでいたが、一般的に言って、静かすぎるほどの町だった。クライドは従兄《いとこ》にあたるギルバートに会い、彼の手配で工場の地下室にある収束室《プレスルーム》での職を与えられた時、ここで彼がどういう待遇を受けるか予測はできた。

サミュエル自身はクライドに同情的だったが、その妻と息子、娘たちは父親と縁続きの貧しい青年をひどく冷淡に見ていた。サミュエルのおかげで、やがてクライドは二十五人の女工をあずかる捺印室の係長となった。ギルバートは意地悪く係長の心得を説明し、特に女工たちと個人的関係を持たないように注意した。しかし、給料は上がり、クライドは嬉しかった。下宿も変え、やっと人間らしい生活ができるようになったと感じていた。

しかし、彼は孤独だった。グリフィス家は儀礼的にクライドを一度晩餐《ディナー》に招いたきりで、彼とは社会的階層が違うことを暗黙のうちに示すため、それからは社交上の縁は一切持とうとしなかった。係長に昇進したクライドは最初は希望に燃えていたが、独居生活の淋しさに耐え切れないほどだった。部下の女工たちは彼が社長の縁者であることを知っており、しかもなかなかのハンサムな独身男性であるから、強い関心を示していた。しかし、彼はギルバートの注意もあったし、また欲情に負けないようにと自分でたてた誓いに忠実に、しばらくは孤独に耐えていた。

ロバータという女性

その頃、会社の業績が良く、クライドの下で働く女工たちを四人ほど増員することとなった。その中の一人、ロバータ＝オールデンという女性にクライドはすっかり魅せられてしまった。彼女は貧しい農家の娘だが、顔だちも美しく、眼の澄んだ素朴な女性で、性格も明るく、笑顔が優しかった。彼女は友人のグレイスにすすめられ、田舎から出てきてグレイスと一緒に暮らしながら、グリフィス社の女工として働くことになったのである。

偶然の出会い

クライドは独身生活の侘しさをまぎらわすため、六月になると近郊の湖に散策をかねて遊びにいくようになった。ある日曜日のこと、湖で一人ボートを借りて漕いでいた時、岸辺に女友達と遊びにきていたロバータに出会った。思いがけない偶然と、行楽地での出会いが二人の感情を密接に結びつける結果となった。

その楽しい思い出は、ライカーガスへ戻ってからも消えなかった。ロバータも同じ気持ちだった。やがて二人は密かに逢瀬を楽しむようになり、ついに肉体的にも結ばれてしまった。一度一線をこえると、ロバータの恋情はつのり、クライドも無我夢中で激情の中に溺れた。

新たな出会い

時は移り、十一月になっていた。その頃、クライドは何か自信のようなものさえ身についていた。ある晩、ロバータの部屋を訪れようと住宅街を歩いていた時、彼は車で通りかかったソンドラという女性に声をかけられた。彼女はこの土地の名門フィンチレイ家の娘で、グリフィス家の次女ベラの友人であり、クライドがグリフィス家に晩餐に招かれた際、たまたまベラを訪ねてきた彼女に会ったことがある。ただ彼女の方はクライドと知って声をかけたのではない。夜道でもあり、クライドをギルバートと間違えたのだ。しかし、彼女はいたずらっぽい気持ちからクライドを車に乗せてやり、好感を抱いた。そして、この貧しい青年を社交界に登場させ、グリフィス家の人々、特に高慢なギルバートの鼻をあかせてやろうと彼女は考えた。

クライドの野心

このソンドラとの偶然の出会いは、クライドのロバータに対する感情を一変させてしまった。彼はロバータとの関係がもしも会社にばれたら、二人でライカーガスの町を出、新しい生活をしようとまで考えていたのだが、ソンドラに会うとその考えはあっさりと消滅した。昔から夢にまで見た上流社会に、しかもロバータとは格の違う美女と共に自分は入ることができるかもしれない。しかもその夢はすぐに現実のものになりそうだった。彼はソンドラの新しい友達として、またグリフィス家の甥として社交界にデビューし、その控えめな優しさと美男ぶりで人気者にさえなった。ソンドラは最初は茶目っ気から彼を誘っていたが、やがて彼女の方がクライドに愛を打ち明けるまでになっていた。

運命の皮肉

ロバータは、クライドをソンドラと社交界に奪われて、悲しく淋しい日々を送っていたが、皮肉なことにこの時彼女は自分が妊娠していることに気づいた。これにはクライドも狼狽した。二人は中絶をすることにしたが、当時のことで、そう簡単に堕胎などできるものではない。怪しい薬をためしたり、いかがわしい噂のある医師を訪れたりするが、二人の期待していたような結果は得られなかった。春がやってきて、ロバータのお腹が目立つようになると、どこか他所の町へいって結婚しようと迫る彼女を、クライドは何とか説得して実家に帰らせた。

ロバータ殺害の計画

一方、クライドとソンドラの仲はますます親密になっていった。すでにアディロンダック山岳地域の避暑地に出かけたソンドラからは、甘美な招待の手紙がきていた。ロバータからは淋しさと不安を訴える手紙がやってくる。クライドはロバータと別れ、ソンドラを手に入れるため、卑劣な計画をいろいろと思い浮かべるが、彼にはそんなことはできそうもなかった。

その時、たまたま新聞でマサチューセッツ州の湖でボートが転覆し、乗っていた男女が溺死したらしいが、女の死体だけが浮かび、男の方はついに発見されないという記事を彼は読んだ。クライドにとってそれは悪魔のささやきのようだった。ロバータを人気《ひとけ》のない湖に連れだし、ボートに乗せて転覆させる。自分も溺れたように見せかけ、密かに逃げてくる。おぞましいが見事な計画のように思えた。

心の中の善と悪との戦い

計画はできても、クライドはそんなひどいことは絶対にできないと打ち消した。だが、ソンドラの招待に応じ、週末を避暑地の湖で過ごし、ソンドラと接吻し、彼女の方から秋になって十八になったら、両親の反対を押し切ってでも結婚しようと打ち明けられると、クライドの心は動揺した。昔から見ていた夢がすぐ眼の前にぶらさがっている。手を差しだしさえすればよかった。

だが、そのためにはロバータを何とかしなければならなかった。心の中では善と悪とが激しく戦ったが、結局クライドは野心と欲望に負け、悪を承知でロバータを殺すために、結婚すると言って小さな湖に呼びだす手紙を書いた。

殺人か偶然のいたずらか

二人は七月六日に落ちあい、ユティカという町を経て、ビッグ－ビターン湖というあまり人のいない湖へいき、湖畔のホテルに宿をとった。クライドはスーツケースとカメラを手にし、貸ボートを借り、ロバータを乗せて湖上に漕ぎだした。しかし、彼女を殺害するという緊張感から顔が変わり、それを異常に感じたロバータはボートの中で中腰となり、クライドの身体に手をかけようとした。彼はその手を本能的に嫌い、無意識にカメラを持つ手で払いのけた。だが、偶然にも、そのカメラ（当時のカメラは大きく重かった）がロバータの顔に当たってしまった。彼女ははずみでボートに倒れこみ、驚いたクライドは慌てて立ち上がり、彼女を助けおこそうとするが、かえってボートが大きく揺れ、二人の身体は水中に投げだされた。

ロバータは一度は水面に浮き上がり、クライドに助けを求めた。しかし、これは神のなした偶然の行為だとクライドは自分に言いきかせた。これは殺人ではない。助けようとすれば自分まで溺れてしまう。彼は沈んでいくロバータをそのままにし、岸辺に泳ぎつくと、夕闇のせまってきた暗い森の中へと走りこんだ。

逮捕から裁判へ

翌日、ロバータの溺死体が発見され、彼女の顔面に残っていた傷から他殺と推測された。彼女がホテルに残していたコートのポケットに入っていた手紙からすぐに身許も判明し、しかも相手の男がクライド＝グリフィスであることもわかり、彼はソンドラたちと一緒にいるところを逮捕された。

ソンドラと彼女の家族、そしてまたサミュエル＝グリフィスの家族にとっても、これは大変なショックだった。サミュエルは家族の反対を押し切って、ベルナップという有能な弁護士をクライドのために雇った。一方、検察側はメイソンという野心的な検事がこの事件を担当し、自らの名声のためにも、クライドを非道な殺人犯に仕立て、有罪をかちとることに懸命の努力を払うことになった。

政治的にも、ベルナップは民主党、メイソンは共和党であり、共に次の選挙で判事と検事を狙う実力者どうしであるから、クライドをめぐって、二人は裁判を有利に展開させようとする。また、ベルナップは上流階級に育った男だが、アメリカ社会の中の階層差を強く意識している正義漢で、クライドの心境に強く同情し、現実に手を下した殺人ではないことを強調し、無罪をかちとってやろうと工夫している。しかし、メイソンの方は、クライドが前々から殺害計画をたてていた情況証拠をもとに、妊娠した愛人を自らの野心のために邪魔と感じ、ボートに乗せ、オールで撲り倒して水中に突き落とした極悪犯として、死刑に処すべきだと主張した。

誰が真の犯人か？

裁判の経過は世間の興味をかきたてた。人々は興奮し、クライドの処刑を裁判所の外でも求める有様だった。そして、世間の期待どおり、陪審員の評決は有罪となり、クライドは死刑の宣告を受けて、身柄を州刑務所の死刑囚監房に移された。しかし、彼はベルナップに自分は殺してはいないと訴え続けた。息子の有罪判決を知り、母親はすぐにクライドに会いにきた。彼の訴えを聞き、彼女は息子の無罪を人々に訴えるため、新聞や教会に援助を求め、講演をしては息子の救済運動の資金を稼いだりした。

ドライサーはこの後半部分で、実に丹念にクライドの心境の複雑さを追い、同時にベルナップや母親の努力を描いている。そして読者に向かって、クライドが単純な殺人者ではなく、むしろクライドを生み、育てたアメリカという社会に罪があるのではなかろうかと考えさせている。

貧困と階層差の犠牲者

ドライサーはこの小説を終えるにあたって、母親に同情した宗教家マクミラン牧師という人物を導入している。彼はクライドの最期を見とどける精神的導師となるが、彼はクライドの告白を正面から受けとめ、一週間思い悩む。たしかにクライドは手を下してロバートを殺したのではない。それを人間の手で裁き、殺人として処刑するのは間違いではないだろうか。だが、思い悩んだ末に、彼はクライドにこう説く。あなたは実際に手を下してはいないが、殺害計画をたてて彼女をおびきだし、溺れる彼女を目前にして逃げたとき、すでに心の中で殺人を犯したのだ、と。

このマクミラン牧師の結論にクライドは納得したわけではなかった。ベルナップの努力にもかかわらず、裁判所は控訴却下の裁定を下し、マクミラン牧師と母親の提出した知事への助命嘆願も無効となった。クライドはついに処刑に対して不満なまま、電気椅子に向かって歩いていった。

ドライサーはなぜクライドに罪の悔悟をさせなかったのだろうか。この小説の発表時には、この点に不満を表明する書評も多かった。しかし、ドライサーが書きたかったのは、社会に存在する貧困という罪であり、階層差という悪であった。それは彼が作家として登場してから常に意識し、主張してきたアメリカ社会の問題だった。

そこから全ての問題が発する、と彼は考えた。小説の最後で、サンフランシスコの町を往くある伝道師の一家の姿が描かれるが、道往く人がその家族の中にいる小さな男の子の将来を心配する言葉を洩らす。貧しさと宗教的禁欲は、アメリカという物質万能の社会でこの子に何をもたらすのだろう、という不安である。適切な教育も受けられない。それでいて社会に出れば、社会は競争原理によって彼を見果てぬ成功の夢に駆りたてる。彼が様々な障害を乗りこえるには、かなりの才能と克己力と幸運に恵まれなくてはならない。彼もまた第二のクライドとなりうるのではないか。アメリカ社会には、クライドのようないわば犠牲者として処置されていく者が何と多いことか。ドライサーは自分もまたクライドになりうる可能性があった一人として、『アメリカの悲劇』を書きあげたと言えないだろうか。

五　『悲劇的なアメリカ』

アメリカ社会への不満

ドライサーが『アメリカの悲劇』の第三部をなぜあれほど長々と書いたのか、読者は疑うかもしれない。クライドが自分の罪を自分のものとして納得させるのに、作者はなぜあれほどに躊躇を見せるのか、と。しかし、ドライサーは少年の頃から体験として身につけてきていたアメリカ社会の矛盾、つまり「階級差のない社会《クラスレス－ソサイアティ》」の中の階層差、富める者と貧しき者の間にあるあまりにも厳しい較差を、「罪」の原因としなければならなかった。

弁護士ベルナップが自分もクライドと同じ類の過誤を青年時代に犯した体験を回想して告白するように、クライドがもしも富める者として生まれ育っていたら、ロバータを殺害するようなことは毛筋も考えなかったはずであった。クライドもそしてロバータも、共に貧しき者として生まれた社会の犠牲者だったとさえ言えるだろう。

この階層差ゆえの犯罪という意味を、ドライサーは読者に得心させるまで書きつくさなければならなかった。そのために、クライドの心の中の迷いを永遠のものとし、簡単に彼を殺人者の範疇に入れなかったのである。

宗教への不満

さらにもう一つ、読者は第三部の宗教的論議の長さにも当惑を感じるかもしれない。しかし、小説の当初から、宗教への不満はドライサーの大きな主題の一つであった。彼はクライドの父親の無能を強調して書くが、これは自分の父親の無能の記憶と二重にして書くという、彼自身の幼い頃のトラウマのなせる業であるが、同時に、父親の主張した宗教心が実は現実生活においてまったく効力を発揮しえなかった記憶による。つまりは、キリスト教義は人間を神と宗教制度に従順な存在と化しこそすれ、ドライサーが体験的に会得した強者を尊ぶ社会ではあまりにもひ弱な存在にしてしまう可能性がある、とドライサーは考えた。彼は宗教は富める者、強き者には精神的慰安となっても、貧しき者、弱き者の現実の救済には無能であることを痛感していた。

それどころか、彼はキリスト教という制度の偽善性にも不満を抱いていた。富める者、強き者は不正を隠し、罪を糊塗し、社会的には良きキリスト者として体面を重んじ、慈善を行う。貧しく弱い者は微細な不正をあげつらわれ、罰を受け、神を呪う。ドライサーはクライドの心の動揺を詳細に書くことによって、なぜ神は真実を見ないのか、と訴える。クライドは手を下すことなく、ロバータは水の中に沈んでいった。ボートを覆したのは、神様あなたではないですか、とクライドは心の中で問い続ける。彼を安心の境地に導こうとするマクミラン牧師が、どのように心の中で犯した罪という概念を与えようとしても、彼はそれもまた宗教の秘めたる偽善性と考えてしまい、表面でこそ牧師に対して頷いても、心底ではついに得心しないまま死に至るのである。

率直な疑問を書物に

ドライサーは、「欲望三部作」の『資本家』や『巨人』で見るように、アメリカ社会を弱肉強食の性格の強い社会と見なしていて、その中に生きる強者に強い魅力を感じた男である。彼自身、そういう強者、成功者でありたいと考えた人間である。そのくせ、反対に弱者にも強い共感を示し、自分もまた本質的には弱者であり、いつかは社会の中の敗残者として死んでいく運命ではないかと、恐れた人でもある。

このような矛盾は、作品の中にもしばしば指摘されてきたが、そのためにこそまた彼の作品、特に『シスター・キャリー』や『アメリカの悲劇』の場合に、人物像がより複雑となり、またより人間的になったとさえ言える。ただ、ドライサーが一九二七年に新生のロシアを訪問した後、彼は多少の不満を抱いたものの、共産主義という制度に新しい社会の理想の姿を見た思いをしたのである。というのは、『アメリカの悲劇』を書く年月の間に、次第に彼の心の中で明確になってきた考え方、先に述べたように、アメリカ社会の中の階層差の矛盾と宗教制度の偽善を、新生ロシアの社会は、唯物的思考と民主平等の原理によって解消しているように思えたからであった。

ドライサーはロシアから帰国し、以後ついに亡くなる直前まで本格的に小説を手がけることはなくなってしまうのだが、社会派の大作家として、政治的発言や行動には大活躍をすることになった。ことに、二十年代末から三十年代にかけて、アメリカを襲った大不況の時代、彼は国じゅうを飛びまわり、当時有名だったトマス＝J＝ムーニーの冤罪《えんざい》事件（一九一六年七月二十二日にサンフランシスコで起こった爆弾事件。十人の死者、四十人の負傷者を出し、アナーキストのムーニーが犯人として逮捕された。ドライサーらの活躍で、一九三九年無罪放免となった）のために、サンフランシスコで演説したり、ムーニーとの書簡往復をしたり、知事への赦免請願を書いたりしている。また、ニュージャージーやケンタッキー、ペンシルヴァニアの炭鉱ストライキでは、労働者の味方として彼らの実状を書き、広く社会に訴えたりした。

ドライサーはこの時代、アメリカ社会には資本家と労働者の間にあるべき「公正さ《エクウィティ》」がないと感じていた。彼は本質的な共産主義者というわけではなく、むしろ支配階級と一般大衆とのバランスは、「自然界における太陽とその惑星のようで」なくてはならないと信じた。そのバランスを回復するために、彼はアメリカの経済・政治の制度を再構築しなければならないと考え、それを率直に、かつ大胆な文書として発表した。これが『悲劇的なアメリカ』という論文集であった。

最悪の書と呼ばれて

『悲劇的なアメリカ』は一九三二年の一月に出版されたが、文学的にはドライサーの最悪の書と呼ばれている。というのも、彼が攻撃したいわゆるアメリカの「富豪」たちの成立を、ほとんどガステヴァス＝マイヤーズという人物の書いた『アメリカ富豪の歴史』(*The History of the Great Fortunes*) に依存していたし、また数人の書評家たちから指摘されたように、ドライサーが書物の中で挙げている例証のための数字に間違いがあまりにも多すぎたし、論旨もしばしば矛盾するところが多かったからであった。

しかし、ドライサーの発展を追ってきた読者には、彼が少年時代から心に秘めてきた考え方と不満が次第に変化し、やがて『アメリカの悲劇』を書くに至って、次第にはっきりとした形をとりだしたことがわかるはずである。

それに拍車をかけたのは、ロシアの新体制を自分の目で見たことであろうが、ドライサーはこの時期になって、今こそ自分の言いたいことを言う、数字は多少でたらめでも、読む人の心を動かすための方便として、言うべきと考えたのではなかろうか。つまり、予言者のように、アメリカの経済・政治組織の再構築こそ、大不況によってそれまでの社会のひずみが露呈したアメリカの急務と述べたかったのであろう。

ドライサーは二十二章から成るこの書物で、アメリカ社会の問題点を経済界、政府機構、宗教界、ジャーナリズム、警察・法制度など、あらゆる分野から洗いざらいさらけだしている。

アメリカ社会の問題点

彼は当時流行していた「工業技術王国《テクノクラシー》」という考え方に同調していたが、それは「機械《マシーン》」の発展と進歩によって、生産が充実し、順調となり、労働力をあまり必要としなくなり、国全体の生活が豊かになることを前提としていた。しかし、現実には「機械」の進歩は生産を拡大し、労力は減じても、利益は全て資本を手にする少数の人間の手に奪われて、人々は失業し、生活はますます貧困になっている。

ドライサーはそれを社会の中の自然なバランスの欠如と考えた。バランスの欠如こそが問題で、その是正が今求められている、と彼は考えた。彼が共産主義に同調しながらも、共産主義者たちからも忌避されたのはこの点にある。

ドライサーはバランスの欠如がどうして生まれてきたかを、第三章「搾取――力による支配」で書く。ここでドライサーは、アメリカの経済界を支配している考え方が「力」によるものであり、「強者が支配し」「強者がより強くなる」原理であることを、十九世紀にアメリカの富豪となった成功者たちを例に示す。

この社会は、「強者」には政府も銀行もすべて手を貸す。政府はほとんど只同然に土地を与え、利権を提供し、州政府は税金を資金として提供する。しかも、アメリカの憲法までが公益よりも「強者」の私権を保護し、野放図に利益追求に走らせる。その間にあって犠牲になるのは、常に「弱者」である貧しい一般の人々である。

ドライサーの怒り

ドライサーは書けば書くほど腹を立てている。彼の憤りはとどまるところを知らない。第四章、第五章では銀行がその対象となる。鉄道や石油で稼いだ大資本は今度は銀行へ流れ、銀行はそれを資金とし、雪だるまのように資本を増やしていき、政府や他の国々にまで資金を貸し付けて、その国の政治さえ左右する。内外共に、政府は銀行の（そしてその背後に存在する大資本家の）表むきの執行者に化している、と言うわけである。

第六章、第七章では、再び鉄道事業についての怒りが書かれる。彼は十八世紀中葉から後半にかけて、鉄道会社がいかに連邦政府と州政府の援助を受けて始まったかを説き、国家の土地と資金（税収）が、特定の個人の鉄道事業家の手にゆだねられた実態を述べる。これらの事業家たち、例えばハリマン、ヴァンダービルト、ベイカー、ハークネスなどの事業家たちは、小資本の鉄道を買収し、国内に大鉄道網をめぐらすことに成功し、運賃を勝手にきめ、さらには郵便業さえ手中に収めて莫大な利益をあげている。

今世紀に入ってもこの傾向は残り、鉄道会社は機会あれば政府に資金援助を求め、運賃の値上げ、職員の給料の引き下げ、ストライキの弾圧などを行っている。しかるに、政府は公共事業ということで、この巨大な私企業群を常に援助し、大衆の犠牲によって、これを今日ますます巨大化させている。

ドライサーの攻撃はさらにアメリカの法制度、警察、教会、慈善団体、犯罪、教育へと向けられている。第十六章の「犯罪とその理由」に目を向けてみると、そこでは『アメリカの悲劇』で訴えようとしたことが、より生硬な形で述べられている。つまり、アメリカの犯罪のほとんどが社会の中の激しい階層差と、そこにうごめく強い物質的欲望への刺戟から生ずる、と彼は考える。

これは彼自身が階層差に苦しみ、物質的欲望のとりこであったことを考えると説得力はある。現実の犯罪こそ犯していないが、若い頃、その淵までおそらく何度となく近づいていただろうし、また貧しいがゆえの犯罪の実例を彼は新聞記者として、また作家として何度も見てきていたはずである。従って、犯罪の多くを彼は社会のあり方、あまりにも物質的欲望を刺戟する社会の実状に原因がある、と彼は主張する。社会を変えれば、犯罪は必然的に減少すると考えている。

ドライサーが考えた理想社会

ドライサーの考え方は少し理想的にすぎるかもしれないが、彼は本気でアメリカの人々が強者の犠牲になることなく、平等の機会と環境を与えられて生きることのできる社会のあり方を考えていた。そのことは、この本の最終章となる「新しい国家体制の提案」によく示されている。

　彼は冒頭で、アメリカの資本主義体制は失敗だった、という文章から始める。それは弱肉強食の原理を助長する「強者」の論理をこの国が推し進めてきたからであって、むしろ、自然界のもう一つの原理、「自然界の均衡《バランス》」を無視したからである、と彼は考える。ドライサーは「強者」の存在を必ずしも否定する人ではないが、「強者」と「弱者」の間にも適切なバランスがあってしかるべき、と考える。そこで、「そのバランスを回復するために、アメリカの経済組織を再構築すること」を提案するのである。

　そのために、彼はロシアの共産主義に模した国家による産業の所有、統制をはかり、私有財産や資産相続を禁止し、富の均一化をはかると同時に、能力のある者の登用や教育の機会均等、宗教教育の撤廃などを提案する。アメリカの憲法も多少の修正を施し、個人の自由と能力の開発は大いに認めるが、その成果が全ての人々のために資するようにし、特定の個人、その家族のためだけの利益にならないようにするべき、というのである。

　彼は「真に有能な者、他より優れた者というのは、現在と同じようにその力を発揮する機会を与えるべきである」と書いて、従来のアメリカの個人尊重主義《インディヴィデュアリズム》を是認する。そして、人間の「知力《ウイズダム》」は「力」であるから、「知力を持つ者はその知力を発揮するのに必要な設備を与えて当然」とし、一種のエリート主義、「強者」論も是認する。ただ、「強者」は自分が「強者」であることを意識し、「弱者」のためにより良い社会を築くべきと説き、「私的な利益は全体のための利益となり、そういう制度の下でさらにより多くの利益が生まれる」と結論している。

ドライサーの論は矛盾も多い。共産主義的国家体制の中で、アメリカ憲法の存続を主張し（当時のアメリカ共産主義は従来の憲法の存続を認めていなかった）、アメリカの精神でもある個人尊重主義を守り、人間の能力の不平等を平気で認め、エリート主義さえ説いている。また、彼の中には弱肉強食を是認する競争原理が残っている。

これはいかにもドライサーらしい。当時の共産主義者たちの教義性がないのである。それは、彼が「知力」（本来は「賢明」と訳すべきだが、引用した文の文脈から「知力」とした）という言葉を曖昧に使い、それを「強者」と重ねてしまったが、世俗的には「賢者」と「強者」は一体になりえない。理想的にすぎるし、また仮りに存在するとすれば、カリスマ的個人を想像させ、共産主義の教義に反する。

彼はこの本を出版した直後、アメリカ共産党へ入党することを申し込んでいるが、当時の党主のアール＝ブラウダーは入党を拒否している。それもこの本を読めば、当然のことかもしれない。ドライサーは左翼的運動にかかわり、共産主義へ共感は示したが、本質的にはアメリカを信奉した人である。

『悲劇的なアメリカ』が示すとおり、彼はアメリカ社会の現状に大変な不満を抱き、憤っていたが、その社会そのものを根底から覆えすような思想も理論も持っていた男ではない。むしろ、アメリカの個人尊重主義を信奉し、競争原理を是認しながら、なおかつ社会の「弱者」をも救済することを考えた、自己撞着をおこした理想主義者になっていたと言うべきだろう。

六　晩年の心境を描く『とりで』

無残な末路の妄執

ドライサーは若い頃から「成功」という華々しい文字にとりつかれてきた男だが、同時に自分が人生の「敗者」となって無残な末路を迎える図を妄執のように抱いてもいた。有名作家となった後も、ある意味では金銭について汚なかった逸話が数多く残っているが、それは彼が人生における「無残な末路」を恐れたため、と説明ができる。

また、彼は人生の途中で何度となく小さな「成功」を手にしていたが、本当の意味での華々しい「成功」は、『アメリカの悲劇』によって初めて到来したものだった。しかも、この大成功は時期的には少し遅きに失していた。文学史的意味でもそうだったが、ドライサーの人生から見てもそれは遅すぎた。というのも、彼はもう小説家としての頂点を通り過ぎ、あの大作に全力を投じた数年で、想像力も創作意欲も失ってしまっていた。そのためか、彼は以後ついに新しい小説の構想をたてることがなかった。

晩年の一九四〇年代になって、彼は一九一〇年代に構想し、それまで断続的に書いていた二つの小説『とりで』と『禁欲の人』に本格的にかかったが、それは自分の人生の終わりを意識し、「忘れられた作家」として彼が常におそれていた「無残な末路」を歩く妄執を追い払うためではなかっただろうか。もちろん、彼は決して『シスター・キャリー』の中のハーストウッドでもなかったし、兄のポールのようにほとんど無一文で最期を迎えたわけでもない。

しかし、死を前に完成させた二作はドライサーの生前に出版されることもなかった。また、死後遺作として出版されはしたが、彼に再び華やかな「成功」の文字をもたらすこともなかった。

宗教的主人公への愛憎

もともと『とりで』の構想は一九一二年の秋に生まれている。ドライサーはこの年、アンナ＝テイタムというウェズレイ女子大出の若い崇拝者から熱烈な手紙をもらい、彼女とニューヨークで会い、彼女の父親の生涯の物語を聞かされたのがきっかけであった。

テイタムという人物は熱心なクェーカー教徒であり、生涯信仰心の篤い男で、社会的にも成功しているが、子供たちには次々に離反されてしまっている。ドライサーは、やがて彼の愛人となったアンナから話を聞いてすぐに自分の父親と二重映しにし、宗教心という「とりで」がはたして人生や家族を守りうるかという興味で、小説を書き始めている。

途中、かなり書き進めた段階で、テイタム夫人が未だ生存していたため、夫人にはばかるような事情もあったり、またアンナとの交際がとだえたりして中断をしている。しかし、一九三二年にアンナより手紙があり、母親がすでにこの世を去り、誰に気がねすることなく『とりで』を書いてください、と伝えてくる。ドライサーは当時政治的活動に多忙で、実際には手をつけることができなかったが、一九四二年に再びこの作品にとりかかり、かなりの難渋の末に、かろうじて死の四カ月前に完成させている。

小説は三部から成り、主人公のソロン＝バーンズの生涯を扱うが、同時にドライサーはソロンが生きたアメリカの時代の変化をも意識的に書こうとしている。メイン州に生まれたソロンは、十歳の時にペンシルヴァニアのトレントンの近郊に父母と共に移住する。一家は熱心なクェーカー教徒たちで、ソロンも宗教心の篤い少年として、そして父母の愛に包まれ、神と父母の教えに忠実な人間に成長していく。

クェーカー教徒にとって、信仰が第一であり、富と社会的地位の向上は信仰と勤勉の結果、自然に身につくものである。ソロンはまさにその典型であり、父と共にウォーリンという成功した銀行家の下で働くようになり、彼の娘ベネシアを妻に迎え、順調に彼の後継者の地位を約束されていくのである。

クェーカー教徒であるソロンは、「善因善果」の法則を信じて生きているが、しかし、時代が進み、物質万能の世俗主義がはびこるようになると、ソロンの周辺には彼の信仰を揺り動かすような事件が次々に起こってくる。父と母が他界し、彼の時代が訪れているのに、息子や娘たちはソロンの信仰を時代おくれと感じ、彼の意志に背いていく。特に三女のエタと末っ子のスチュアートは、正面きって父親の信仰に背き、エタは奔放な文学少女となり、家を出てグレニッチヴィレッジで画家と暮らす女となる。また、スチュアートは人生に快楽を求める非行少年となり、ある少女の死に関わり、自殺をしてしまう。

無残な結果である。アメリカの現実が牧歌的なソロンの信仰と生活を打ちこわしている。彼は銀行から引退し、ひたすら信仰の生活へ戻ろうと日々努める。そして、我を捨てすべてを神意にゆだねることによって、平安の心境に達する頃、彼は反逆児であった三女のエタに見守られて死を迎える。

作家の心境を映す

文学的に『とりで』は、あまりにも平板と考えられていて、高い評価は受けていない。しかし、ドライサーの晩年の心境と宗教心への回帰を示すものとして貴重な作品である。ソロンは理想的に描かれすぎるのだが、彼が第二部で悟るように、この世はすべて自然のバランスによってつかさどられている。すでに書いたように、これはドライサー自身の信条である。彼は『悲劇的なアメリカ』で、アメリカをローマにたとえたが、それは他者から奪うことによって栄えたローマは、やがて滅亡する運命にあることの示唆であった。つまり、永遠の繁栄はこの世ではありえない。ソロンのように善意と信仰に満ちた生活をしていてさえ、繁栄には必ず破綻がやってくる。

父とその子にこの自然のバランスを当てることもできる。ソロンの信仰に反逆するエタもスチュアートも、父に背いて自らの奔放な道を歩いた後に、父の信仰心に理解を示している。スチュアートの場合、罪を犯した自責の意識が強すぎたため、不幸な結末となり、父を悲しい心境におとしこむが、エタの場合は、父への深い理解を取り戻し、父の信仰への回復を援《たす》け、死を看取る役をする。

これもまた晩年のドライサーのいつわらざる心境であったろう。彼もまた父親ポールの信仰に背いた男である。それは憎悪にまで近い感情であり、彼が共産主義に同調した遠因にさえなっているものである。しかし、彼は一九四五年に共産党に入党を許されているが、本当の心境は、むしろソロンの最期に書きこんだものではなかろうか。我を捨て、すべてを神意にゆだねること。それは彼が常に妄執として抱いていた「無残な末路」から救われる、確かな方法だったと考えられるからである。

七 むすび

シオドア＝ドライサーには、執念のように彼にとりついて離れない感情が幾つかあった。その一つが、すでに述べたように父への強い反撥と、母への深い愛着だった。前者は彼を、アメリカ人には珍しいほどに反キリスト教的にしている。というより、宗教的色彩をまったく感じさせない作家としている、と言ってよい。

彼は神を信じなかったわけではない。というのは、彼の書く小説には、必ず人間の力の及ばない大きな「力」を私たちに意識させるものが描かれているからである。彼はそれを神の「力」と名差すことはしなかったが、一般的に見れば、それは唯物的であろうと努め続けたドライサーが潜在的に意識した神ではなかったろうか、と推測できる。だが、父の厳しいが、彼には空しく思えたカトリック的道徳に完全に背を向けている。彼の奔放な生涯がそれを如実に物語っている。

母への強い愛着は、彼の女性への関心と貧困からの脱出というまた別の執念と重なる。というのは、母を物質的に楽にしてやりたいという意欲は彼自身が成功し、貧困を解消することにつながっていたからである。だが、彼はその思いを達成しないまま、母を失ってしまっている。この悔恨を抱えたまま、ドライサーは生涯を送るのだが、そのために、どのように成功しても、彼には満足感がない。ある意味では貪欲と誇られるほど物質的成功を求めるが、それは彼に満足感を与える対象がすでにこの世になかったためではなかろうか。

母への愛着は彼の女性遍歴とも関係がある。ドライサーは自伝の中でも、小説の中でも母親を非常に理想的に描く。それは、現在残されている実際の写真から私たちが想像しがたいほどに理想的である。おそらく、彼は自分の頭に残されていた理想の女性としての母を、現実の母親像と信じていたのであろう。

最初の妻セアラ＝ホワイトなどとの縁は、第一に、彼の母と同じ名前を持つ女性だったことがその大きな理由として挙げられている。だが、ドライサーの母は宗教的、社会道徳的に、非常に柔軟な女性だった。しかし、彼の妻となったセアラは頑なほどに道徳的だった。すでに結婚の時点から、ドライサーは彼女とはあまりうまくいっていなかったのではないか、と伝記作者たちは指摘している。

彼の後半生を共にし、最後には正式の妻となるヘレン＝リチャードソンの場合でも同じである。当初はドライサーは若い男が恋におちるように、熱心に彼女を求め、同棲をしながら、また何度も何度も別の女性を求め、関係を持っている。そのため、ヘレンとは不仲になり、別れたりまた一緒になったりの繰り返しである。最期をヘレンに看取られて死んだドライサーは幸運である。理想の女性をついに見出せないまま、おそらくこの世を去る時、その片鱗をヘレンに見ていたかもしれないからである。

ドライサーにはもう一つ妄執にも似た思いがあった。それは自分の惨めな末路だった。若い頃ニューヨークでの新聞記者時代に見た、浮浪者の死体を運ぶ舟の姿が彼を悩ました。ニューヨーク港に浮かぶ島の無縁仏の穴にそれは投げこまれる。人生敗残の最も惨めな光景を彼は自分のものと常に予感し、おびえていた。というのも、彼は幼い頃から父の敗残の姿を見て育ったからであるし、また長兄ポールの最後の不運な死を味わったからである。

伝記の中で書いたように、彼の父は若い頃は一時は成功した人であるし、またポールは流行歌の作詩、作曲家として大成功をした男である。ただ、その後半生において、二人とも必ずしも幸福とは言えなかった。父は最後にドライサーの姉に引き取られて、平穏のうちに世を去ったが、ポールは音楽出版の事業で資産をすっかり失い、ほとんど無一文で死んでいる。

ドライサーが成功を求め、金銭的に貪欲であった背景には、この惨めな末路を味わいたくないという執念があったからであろう。そしてまた、このような執念の数々のため、彼が非常に私たちに近い、親しみのある人間になっているように思える。

偉大な作家というものは悲しい存在である。優れた作品は、作家の思考と気力が充実し、しかもその背景となる時代の動きとマッチして生まれる希有な存在であるからだ。作家は優れた作品を生みだす僅かな時期を通りすぎても、生き続け、書き続けていかなければならない。名声だけでは満ち足りて生きていくことはできない。

ドライサーの生涯も、この作家の悲しみを具体的に示している。彼にとって、そしてアメリカの文学にとっても、『シスター・キャリー』と『アメリカの悲劇』は、自然主義文学の名作として読みつがれるだろうが、その他の彼の成功を求めた数多くの努力は空しく消えていくかもしれないからだ。

あとがき

私は長い間、第二次大戦後のアメリカ小説を中心にして紹介したり、論文を書いたりしてきた者である。しかし、学生時代にシオドア＝ドライサーの『アメリカの悲劇』を読み、感銘を受けた。戦後間もなくのことであったし、日本の社会全体が貧しく、貧しさからの脱却は私という個人だけではなく、社会の多くの人々の強い願望だったと思う。そのような時、宗教的な道徳律から逃れて、何とかして豊かな生活へと這いあがろうとする青年、クライド＝グリフィスの心情に共感するところが大きかった。

ちょうどその頃私たちの世代も戦前の道徳律という呪縛から脱し、新しい生き方を求めていた。ただ、その新しい生き方がどのようなものか明確にはつかめておらず、クライドのように、それから脱けだすことだけを盲目的に願っていたように思う。クライドは自らの願望のために社会から手痛い罰を受けるのだが、作者のドライサーが、クライドの罰を彼個人だけのものと書いていないのが私には強い感動だった。単なる杓子定規の道徳律を持たない作家であることを、若い学生だった私は感じ取っていた。

後にアメリカ文学を専門とする学徒となり、自然主義作家としてのドライサーの地位を知り、『アメリカの悲劇』以外にも、二、三の作品を読み、常に私の意識の片隅にある作家となっていった。「はしがき」に書いた通り、機会を得て『アメリカの悲劇』の紹介論文を書いたが、十数年ほど前に清水書院の清水幸雄氏から、センチュリー・ブックスの一冊に何か書くように依頼された折、躊躇なくシオドア＝ドライサーならと応じた。

たまたま、リチャード＝リンガマンの伝記の第一巻が出た後で、第二巻の完成を待ち、それと共にドライサーの作品を最初から読み返していくことにした。過去十年間は個人的に翻訳をたくさん抱えていたため、意外なほどにこの本の着手に時間がかかり、清水書院にはご迷惑をかけたが、一昨年、現在勤務している麗澤大学から休暇をいただき、ウィスコンシン大学ミルウォーキー校の二十一世紀研究所に四カ月滞在し、そこで書くことができた。

本書の伝記の部分はリンガマンの伝記によるところが多いが、リチャード＝リーハンの『シオドア・ドライサー』も参考にさせていただいたし、高村勝治編『ドライサー』（研究社）の「人と生涯」の部分も参照させていただいた。また、年譜と参考文献の作製に当たって、同書と村山淳彦著『セオドア・ドライサー論』（南雲堂）を参照させていただいた。年譜の年代について、それぞれの書物では二、三異なる点があるが、リンガマンの伝記が現在では最新なものであるから、本書の年譜はその年代に従っている。

このように、今ここに述べた書物の著者たち、そして清水幸雄氏、編集の労を取って下さった村山公章氏にこの場を借りて、心からお礼を申し述べたい。最後に、小さいながら、本書が若い読者にシオドア＝ドライサーというアメリカの作家を知っていただく一助になることを心から願っている。

岩元　巌

二〇〇二年一月

シオドア＝ドライサー年譜

西暦	年齢	年譜	参考事項
一八七一	0	ハーマン＝シオドア＝ドライサー、八月二十七日、インディアナ州テレ－ホートの町で誕生。父親はポール、母親はセアラ。上に三人の兄、五人の姉がいた大家族。下から二番め、九人めの子だった。	
一八七三	2	末弟のエドが生まれる。	ジェイ－クック－バンキングの倒産でアメリカは大不況に見舞われる。
一八七九	8	母はシオドアを含む年下の三人の子を連れて、サリヴァンに引っ越す。シオドアは公立学校に移り、書物への興味を示す。	
一八八二	10	長兄ポールのすすめで、彼が同棲していた、サリー＝ウォーカーという高級娼家の経営者の家のあるエヴァンズヴィルへ、母と共に移った。	エマソン歿。ロングフェロー歿。 一八八一年、H＝ジェイムズ『ある貴婦人の肖像』
一八八四	13	ポールがニューヨークへ去ったため、母親の	トゥエイン、『ハックルベリ・フ

		セアラはシカゴへ移り、生計をたてようとし、三人の子供を連れて西マディソン街に居を定めた。シオドアは初めてシカゴの街を見た。しかし、生計がなりたたず、母は再びインディアナ州のウォーソーへ子供たちを連れて移った。	インの冒険』。クリーヴランド大統領となる。
一八八六	15	シカゴで姉のエマがホプキンズという中年の男と不倫。ホプキンズは勤務先の金を盗み、エマと共にカナダに逃亡し、新聞種となった。シオドアは高校に入学。国語の女教師フィールディング先生に才能を認められ、未来への夢を抱く。	アパッチ族族長ジェロニモ捕われ、アパッチ戦争終わる。エミリ＝ディキンソン歿。ジェイムズの『ボストンの人々』刊。
一八八七	16	八月、誕生日の直前、シオドアはシカゴへ単身旅立つ。姉たちを頼らず、様々な職につき、自立を模索。	
一八八八	17	姉テレサと協力し、母親をシカゴに呼びよせ、再び大家族生活をする。シオドアは金物屋の雑役、鉄道の操車場などで働く。	ハリソン大統領となる。

一八八九	18	フィールディング先生が来訪し、大学進学を先生の資金を提供してすすめる。この秋、インディアナ大学へ特別学生として入学。大学に失望する。	ハウエルズ『ハーパーズ‐マンスリー』の編集長となり、文学の中心がボストンよりニューヨークへ。明治憲法発布。
一八九〇	19	夏より母親の健康が悪化する。シオドアは不動産業で働く。十一月十四日母親死亡。	アメリカ国勢調査局、十二月二十九日にフロンティア‐ラインの消滅を報告。
一八九一	20	母親の死と共に、再び一家は離散。残された父親と姉弟のため、シオドアは割賦屋の集金人として働く。集金の仕事のためシカゴの貧民街に精通する。だが、この年の四月、貯えた六十五ドルを手に、雑職と手を切り、新聞記者になることを決意する。シカゴの三流新聞『グロウブ』社に日参し、六月臨時記者に採用される。その後すぐに常勤の記者となり、社会部に所属した。	ハーマン＝メルヴィル歿。工場における電力使用が始まり、新しい産業時代へ突入。ハムリン＝ガーランド『本街道』。
一八九二	21	『グロウブ』紙のボス、マッケニスの紹介で、セントルイスの一流紙『グロウブ‐デモクラ	ウォルト＝ホイットマン歿。合衆国人民党（ピープルズ‐パーテ

一八九三	22	ット』へ移る。新聞記者になることを願ってから、わずか一年半だった。 編集長のマッカラーに気に入られ、人気記者となり、劇評も担当。しかし、社会部の取材が重なり、劇を見ないまま劇評を書き、大失敗をして自ら辞職した。格の低い『リパブリック』紙に職を得、読物記事を担当。売れっ子記者となる。夏、シカゴ万国博覧会見学の学校教師たちに記者として同行、セアラ＝ホワイトに会う。	ィ）結成。クリーヴランド再び大統領に。 スティーヴン＝クレイン『街の女マギー』、ヘンリー＝B＝フラー『高層ビルに住む人々』出版。現実主義文学への気運高まる。
一八九四	23	三月、同僚のハッチンソンからオハイオ州で新聞を経営することをすすめられ、『リパブリック』紙を辞職。だが断念し、臨時雇いの記者をしながら、トリード、クリーヴランド、ピッツバーグを経て、十一月末にニューヨークへ到る。この間、ピッツバーグでハーバート＝スペンサーを読み、影響を受けた。また、トリードでは後に親友となるアーサー＝ヘン	日清戦争。アメリカは大不況となり、前年より労使対立という社会問題がおこる。

		リーと出会っている。	
一八九五	24	前年十二月に『ワールド』紙の記者となったが、専属ではなく、出来高払いの社会部記者で、シオドアは満足できず、ついに辞職。折りしも大不況のニューヨークでバワリ地区の貧民街でしばらく暮らす。後、長兄ポールの肝いりで、ハウリー‐ハヴィランド社の新企画『エヴリ‐マンス』の編集長となる。雑誌は大成功したが、経営陣の意向と合わなかった。	スティーヴン＝クレイン『赤い勇者の武功賞』。
一八九七	26	八月、『エヴリ‐マンス』を解雇される。ポールと不仲となり、親友となったアーサー＝ヘンリーと共にフリーの作家となる。やがて雑誌のノンフィクションの人気作家として成功。また、オリソン＝S＝マーデンの発刊した『サクセス』誌で、成功者のインタヴュー記事を連載し、大好評を得る。	
一八九八	27	二月、セアラ＝ホワイトに正式に結婚を申し	米西戦争が四月二十五日に始まり、

		こむ。セアラはすでに三十歳だった。十二月二十八日、ワシントンでセアラの妹と兄の立ち会いで結婚。セントラル＝パーク西百二丁目のアパートに新居をかまえた。	十二月十日終結。アメリカはフィリピン、プエルトリコを獲得した。
一八九九	28	六月より八月末まで、ヘンリーの招待で、オハイオ州モーミーのヘンリーの家で夏を過ごす。この時ヘンリーにすすめられ、短編小説を試みる。小説家への門出である。九月、ニューヨークに戻って、再び雑誌の読物記事をヘンリーと協同で書くが、そのかたわら長編『シスター・キャリー』にかかる。	フランク＝ノリス『マクティーグ』出版。スタンダード石油株式会社が設立され、大企業時代へ。
一九〇〇	29	三月二十五日、『シスター・キャリー』初稿完成。六月、ダブルデイ＝ペイジ社のリーダーをしていたフランク＝ノリスが原稿を読み、絶賛。ペイジが出版を約束。だが、ダブルデイ氏は出版に反対、シオドアとの間で悶着。十一月、『シスター・キャリー』出版。ただし、出版社は宣伝広告を一切せず、惨めな売	スティーヴン＝クレイン歿。最初の映画『シンデレラ』が上映される。フロイトの『夢判断』出版。

一九〇一	30	れ行きとなった。父親ポール死亡。父親の死で、姉メイムをモデルとした『ジェニー・ゲアハート』を書き始める。六月に中断。ヘンリーとコネティカット州の沿岸にある小島で共に生活をするが、不仲となる。『シスター・キャリー』が不道徳な小説とそしられ、精神的に気落ちする。妻のセアラともうまくいかず、ニューヨークを離れ、東南部を転々とする。	フランク＝ノリス『章魚《たこ》』。この頃から、マックレイカーズと呼ばれた暴露小説、ノンフィクションが流行。マッキンレイ大統領暗殺され、シオドア＝ロアザベルト大統領となる。
一九〇二	31	七月、ウェスト‐ヴァージニア州ヒルトンからフィラデルフィアに移る。『ジェニー・ゲアハート』は中断したまま書き進めることができず、ノイローゼ状態となる。	フランク＝ノリス歿。ジェイムズ『鳩の翼』出版。
一九〇三	32	二月、再びニューヨークに至ったが、金を使い果たし、一時自殺寸前に至る。偶然ブロードウェイでポールと再会。彼に助けられ、療養施設に入れてもらい、肉体的・精神的に回復する。	ジェイムズ『使者たち』、ノリス『小麦取引所』、ジャック＝ロンドン『荒野の呼び声』など刊行。ライト兄弟、自作飛行機で空を飛ぶ。

一九〇四	33	ポールの紹介で、『デイリー‐ニューズ』紙の「日曜版」の読物記事を一月より六月まで書くこととなる。	ジャック＝ロンドン『海の狼』。パナマ運河着工。
一九〇五	34	ストリート‐アンド‐スミス社の新しい大衆誌『スミス』の編集長となり、四月に創刊号を出し、大成功を収めた。この雑誌を舞台に、彼の雑誌編集者としての名声が確立。	イーディス＝ホートン『歓楽の家』。日本人、朝鮮人の排斥運動がカリフォルニアで起こる。日露戦争講和会議。
一九〇六	35	一月、ポール死亡。財産もなくし、惨めな最期だった。四十八歳。『ブロードウェイ‐マガジン』の編集長として迎えられる。都会的センスと文学的色彩を併せ持つシオドア念願の雑誌だった。	オー＝ヘンリー『四百万人』、マーク＝トゥエイン『人間とはなにか』。サンフランシスコに大地震発生。
一九〇七	36	五月、ドッジ社より『シスター・キャリー』の再版にこぎつける。年内に八千五百部を売り、アメリカの文学意識の変化を如実に示した。六月、バタリック社の誘いで、女性雑誌の『デリニエイター』をはじめ三誌の総合編	ヘンリー＝アダムズ『ヘンリー＝アダムズの教育』、ウィリアム＝ジェイムズ『プラグマティズム』刊行。移民が急激に増え、移民制限の動きが出る。

一九〇八	37	集長となる。一月、『デリニエイター』、『ディザイナー』、『ニュー・アイディア』として三つの雑誌は女性雑誌の女王となった。一九〇九年の時点で、三誌で百二十万部を超えている。この春、ヘンリー＝ルイス＝メンケンと初めて会う。	ジャック＝ロンドン『鉄のかかと』。タフト大統領となる。
一九〇九	38	画家志望の十八歳の女性、セルマ＝カドリップとパーティーで知り合い、恋をする。	ガートルド＝スタイン『三人の女性』。フォード「モデルT」車の大量生産へ。
一九一〇	39	セルマとの関係を妻やセルマの母親でバタリック社の社員に知られ、母親から社主を通じて抗議される。十月、バタリック社を辞職。作家への道に専念することを決める。『ジェニー・ゲアハート』に再びかかり、翌年一月に初稿を完成。	マーク＝トゥエイン歿。オー＝ヘンリー歿。
一九一一	40	九月、ハーパーズ社より『ジェニー・ゲアハート』出版。好評で同社は翌年『シスター・キャリー』を出版した。自伝的小説『天才』	アンブローズ＝ビアーズ『悪魔の辞典』、ホートン『イーサン・フロム』。左翼系雑誌『マッシズ』

		を七月に脱稿、すぐ『資本家』にとりかかった。十一月、『資本家』を中断し、小説のモデルとなったヤーキーズの足跡を追い、ヨーロッパの旅に出た。ロンドンにいるセルマの後を追う目的もあった。	創刊。
一九一二	41	四月、ヨーロッパより帰着。七月末、『資本家』が完成。十月末に出版。十二月、ヤーキーズのシカゴ時代の調査を兼ね、シカゴ訪問。翌年二月まで滞在。シカゴの詩人・作家たちと親交。	四月十四日、客船タイタニック号沈没。 ウッドロー＝ウィルソン大統領となる。
一九一三	42	『四十歳の旅人』出版。	ウィラ＝キャザー『おお開拓者たちよ』。
一九一四	43	「欲望三部作」の第二部、『巨人』を五月に出版。	エズラ＝パウンド編『イマジスト詩人集』。 第一次世界大戦勃発。アメリカは中立宣言。
一九一五	44	十月、『天才』を出版。	
一九一六	45	『劇作集』出版。『天才』が社会道徳に反する	ウィルソン大統領再選。ヘンリー

		というので、ニューヨーク道徳協会が発禁としたため、物議をかもした。自伝の一部となる『インディアナの休日』出版。	＝ジェイムズ歿。ジャック＝ロンドン歿。カール＝サンドバーグ『シカゴ詩集』。一九一七年四月、アメリカが大戦に参加。
一九一八	47	『自由、その他の短編』を出版。劇作『陶工の手』も出版。	ヘンリー＝アダムズ歿。十一月、第一次世界大戦終結。
一九一九	48	四月、スケッチ集『十二人の男たち』出版。九月、後にシオドアと結婚するヘレン＝P＝リチャードソンに会う。たちどころに恋におちた。ボニー＝アンド＝リヴァライト社と『とりで』の契約を交わす。十月、ヘレンと共にハリウッドに移る。	シャーウッド＝アンダソン『オハイオ州ワインズバーグ』を出版。禁酒法発効。
一九二〇	49	八月、『アメリカの悲劇』をすでに書きだしている。そのため『とりで』を中断。	ウィリアム＝ディーン＝ハウエルズ歿。シンクレア＝ルイス『本町通り』。ハーディング大統領となる。
一九二二	51	自伝の続編『私自身の本』出版。ニューヨークへ戻ることを決意。	フィッツジェラルド『ジャズ時代の物語』を出し、ジャズ大流行。

一九二三	52	十月末、ニューヨークへ戻り、ヘレンと共にグレニッチヴィレッジへ居を構えた。『アメリカの悲劇』取材のため、コートランドなど訪問。	ニューヨーク州禁酒法を廃止。ハーディング大統領急死し、クーリッジ大統領となる。
一九二五	54	十月に『アメリカの悲劇』完成。なお手を入れた後、十二月十日、リヴァライト社より二巻本で出版。一カ月で一万七千部が売れる大ヒット作となった。	シンクレア＝ルイス『アロウスミス』、フィッツジェラルド『偉大なるギャッツビー』、ジョン＝ドスパソス『マンハッタン乗換駅』、雑誌『ニューヨーカー』創刊。
一九二六	55	『アメリカの悲劇』の大成功で、大作家となる。劇化され、また映画化が決まる。しかし、この年のピュリツァ賞をシンクレア＝ルイスと争って取れず、傷心。	アーネスト＝ヘミングウェイ『陽はまた昇る』出版。「失われた世代」という言葉が広まり、文学の気運が変化。
一九二七	56	ソ連政府の招きを受け、革命十周年を祝うロシアへの旅に出る。十月にニューヨークを出発し、翌年二月末に帰着。	トーキー映画が製作される。
一九二八	57	『ドライサー、ロシアを見る』を十一月に出版。これが同行していた女流記者ドロシー＝	ユージーン＝オニール『奇妙な幕間狂言』上演。フーヴァー大統領

		トンプソンの『新しいロシア』の一部盗作として告訴される。	となる。
一九二九	58	十月、ニューヨーク株式の大暴落により、資産をかなり失う。十一月『女たちの画廊』出版。	ヘミングウェイ『武器よさらば』、ウィリアム＝フォークナー『サートリス』、『響きと怒り』を出版。
一九三〇	59	ノーベル文学賞の候補にシンクレア＝ルイスと共にあがるが、ルイスに賞が与えられる。	ハート＝クレイン『橋』、ドスパソス『北緯42度線』。
一九三一	60	パラマウント社『アメリカの悲劇』を映画化。「欲望三部作」の最終編『禁欲の人』にかかり、三三年までにかなり書いたが中断。『悲劇的なアメリカ』を出版。アメリカの社会制度に激しく反発し、社会運動に身を入れる。	フォークナー『サンクチュアリ』、パール＝バック『大地』。エンパイヤステイトビル完成。大不況のあおりで、失業者総数が五百万人に達する。
一九三二	61	共産党入党を申し出、拒否される。小説が書けなくなる。『アメリカン＝スペクテイター』の編集にたずさわる。三四年まで。	ハート＝クレイン歿。フォークナー『八月の光』、ジョン＝スタインベック『天の牧場』。フランクリン＝D＝ロアザベルト大統領となり、「ニューディール」政策施行。

年	年齢	事項	参考事項
一九三八	67	七月、パリの作家会議、国際平和会議に出席のためヨーロッパへ。	トマス＝ウルフ歿。リチャード＝ライト『アンクル・トムの子供たち』出版。
一九三九	69	小説が書けず、健康もすぐれず、ヘレンと共にハリウッドへ移ることを決意。十一月に移り、翌年十二月にノース－キングズ－ロードに家を求め、定着することにした。	スタイベック『怒りのぶどう』、ナサニエル＝ウェスト『蝗の日』。第二次世界大戦勃発。アメリカは中立を宣言。
一九四一	70	『アメリカは救うに値する』を出版。	日本海軍真珠湾攻撃。日米開戦。
一九四二	71	『とりで』の完成をパトナム社より迫られる。セアラ＝ホワイト＝ドライサーが死亡。	スタインベック『月は沈みぬ』。
一九四四	73	ヘレンと正式に結婚。	ソール＝ベロウ『宙ぶらりんの男』。
一九四五	74	五月、『とりで』完成。中断していた『禁欲の人』にかかり、完成を目指す。共産党への入党が許可される。十二月二十七日、『禁欲の人』はほぼ完成。翌日心臓発作で死去。七十四歳。	エレン＝グラスゴウ歿。広島・長崎に原爆投下、第二次世界大戦終結。
一九四六		ダブルデイ社より『とりで』出版。	ロバート＝ペン＝ウォレン『全て

一九四七		ダブルデイ社より『禁欲の人』出版。	王の臣下』。 ベロウ『犠牲者』。
一九五一		パラマウント社より『アメリカの悲劇』の後半を映画化した『陽のあたる場所』が公開され、大ヒットに。	J＝D＝サリンジャー『ライ麦畑でつかまえて』、ジェイムズ＝ジョーンズ『地上より永遠に』。 九月八日、対日講和条約調印。
一九五七		ヘレン＝リチャードソン＝ドライサー、ワシントン州で死去。	ジャック＝ケラワック『路上』。 ビート－ジェネレーション注目される。

参考文献

［シオドア＝ドライサーの作品］

◆長編小説

Sister Carrie (Doubleday, Page&Co., 1900), (B.W. Dodge, 1907), (University of Pennsylvania Press, 1981)

ペンシルヴァニア大学の版は、ドライサーの原形版とされていて、現在ペングィン‐ブックスの版はこれを使用。邦訳は村山淳彦訳『シスター・キャリー』(岩波文庫上下巻、一九九七年)がある。なお小津次郎訳『黄昏《たそがれ》』(早川書房、一九五三年)が過去にある。

Jennie Gerhardt (Harper&Brothers, 1911)

邦訳は高垣松雄訳『ジェニー・ゲルハート』(新潮社「世界文学全集」一九三一年。新潮文庫、一九五四年)

The Financier (Harper&Brothers, 1912)

作者の手になる改訂版 (Boni&Liveright, 1927) が後に出て、これが定本となっている。

The Titan (John Lane, 1914)

後にBoni&Liveright社より一九二七年に出版。World社より一九四六年に出版。

The "Genius" (John Lane, 1915)

これもBoni&Liveright社より一九二七年に出版。World社より一九四六年に出版。
The American Tragedy (Boni&Liveright, 1925)
World社の版は一九四七年に一巻本で出版され、戦後定本となっていた。
邦訳は大久保康雄『アメリカの悲劇』（新潮文庫、一九六〇年）、宮本陽吉『アメリカの悲劇』（集英社「世界文学全集」一九七五年）
The Bulwark (Doubleday, 1947)
邦訳は上田勤『とりで』（河出書房「二十世紀文学選集」一九五二年）
The Stoic (Doubleday, 1947)

◆短編・中編小説
Free and Other Stories (Boni&Liveright, 1918)
"Free", "Nigger Jeff" など、初期短編十一が収められている。邦訳されたものは、「自由」杉木喬（英宝社、一九五七年）、「黒ん坊ジェフ」木内信敬（南雲堂、一九六〇年）、滝川元男「亡妻フィービー」（英宝社、一九五七年）、「結婚生活」宮島新三郎（近代社「世界小説大系」一九二五年）
Chains (Boni&Liveright, 1927)
"TheHand" ほか、十三編を収録。邦訳は「暗影」滝川元男（英宝社、一九五七年）がある。
Fine Furniture (Random House, 1930)。中編小説。
The Best Short Stories of Theodore Dreissr (World, 1947)
Howard Fastの編集により、初期のものを含めて、十四編を収めた。"My Brother Paul" がここに収

められていた。

◆戯曲

Plays of the Natural and the Supernatural（John Lane, 1916）

"The Girl in the Coffin" ほか六編の劇作が収録されている。邦訳に、森川康子『窓の灯り』（白水社「現代世界劇曲全集六巻」一九五四年）がある。

The Hand of the Potter（Boni&Liveright, 1918）

後に改訂され、Modern Library に一九二八年収められた。

◆その他の主だった著作

The Traveler at Forty（The Century Co., 1913） ヨーロッパ旅行記。

A Hoosier Holiday（John Lane, 1916）

自伝の一部で、成功した作家として故郷を訪れる。

Twelve Men（Boni&Liveright, 1919）

ノンフィクションで、十二人の男たちのことを描いたもの。兄のポールのこともここに一編として書いている。

A Book about Myself（Boni&Liveright, 1922）

自伝の一部で、新聞記者時代を書いたもの。後に *Newspaper Days* と改題され、一九三一年に出版される。

The Color of a Great City（Boni&Liveright, 1923）
ニューヨークについてのエッセイ。邦訳は本間立也『大都会の色彩』（不動書房、一九三三年）
Dreiser Looks at Russia（Horace Liveright, 1928）
ロシア旅行記。邦訳（抄訳）は下山鎌吉（文明協会、一九二九年）
A Gallery of Woman（Horace Liveright, 1929）
十五人の女性について論じたエッセイ。邦訳は橋本福夫「ルーシア」、井上謙治「アーニータ」（講談社「世界文学全集」一九七九年）
Dawn（Horace Liveright, 1931）
自伝の一部、幼少時から青年期までを扱う。
Tragic America（Horace Liveright, 1931）
アメリカの現状を政治・経済、あらゆる面から分析した論文。
Ameica Is Worth Saving（Modern Age Books, 1941）
第二次世界大戦の勃発と共に、愛国的となったエッセイ。

［ドライサーに関する伝記・研究書］

Dorothy Dudley. *Forgotten Frontiers : Dreiser and the Land of the Free*.(New York : Harrison Smith &Robert Haas. 1932.)
ドライサーに密着して書かれた最初の本格的伝記とされている。
W. A. Swanberg. *Dreiset*（New York : Scribners, 1965）

豊富な資料で書かれている、詳細な伝記。
Richard Lingeman. Theodore Dreiser I. II (New York : G. P. Putnams Sons. 1986, 1990)
第一巻は *At the Gate of the City* という副題で生誕から一九〇七年までを扱い、第二巻は *An American Journey* という題でそれ以後、亡くなるまでを扱う。これ以上詳細なドライサー伝は書かれることはないだろう、と考えられている。
Richard Lehan. *Theodore Draiser : His World and His Novels* (Carbondale : Souther Illinois U.P., 1969)
研究書として最もよくできた本で、後に "Arctus Paperbacks" に入り、何度も再版されている。
Lawrence E. Hussman, Jr. *Dreiser and His Fiction* (Philadelphia : University of Pennsylvania Press, 1983)
新しい資料と文学理論を経て書かれた最新のまとまった研究書。
高村勝治編著『ドライサー』(研究社「20世紀英米文学案内」十一巻。一九六七年)
ドライサーの主要作品の梗概と解題、伝記がついていて、格好の入門書。
村山淳彦『セオドア・ドライサー論——アメリカの悲劇』(南雲堂、一九八七年)
日本で書かれた本格的、ドライサーの全体像についての唯一の研究書。
大浦暁生監修『シスター・キャリーの現在——新たな世紀への試み』(中央大学出版部、一九九九年)
『シスター・キャリー』を中心に、十一編の論文と日本における詳しい書誌がついている。

さくいん

【人名】

【作品】

シオドア=ドライサー■人と思想154　　定価はカバーに表示

2002年 5 月10日　第 1 刷発行©
2016年 7 月25日　新装版第 1 刷発行©

・著　者　……………………………………岩元《いわもと》　巌《いわお》
・発行者　……………………………………渡部　哲治
・印刷所　…………………………図書印刷株式会社
・発行所　…………………………株式会社　清水書院

〒102-0072　東京都千代田区飯田橋3-11-6
Tel・03(5213)7151〜7
振替口座・00130-3-5283
http://www.shimizushoin.co.jp

検印省略
落丁本・乱丁本は
おとりかえします。

CenturyBooks

Printed in Japan
ISBN978-4-389-42154-0

CenturyBooks

清水書院の〝センチュリーブックス〟発刊のことば

近年の科学技術の発達は、まことに目覚ましいものがあります。月世界への旅行も、近い将来のこととして、夢ではなくなりました。しかし、一方、人間性は疎外され、文化も、商品化されようとしていることも、否定できません。

いま、人間性の回復をはかり、先人の遺した偉大な文化を継承して、高貴な精神の城を守り、明日への創造に資することは、今世紀に生きる私たちの、重大な責務であると信じます。

私たちがここに、「センチュリーブックス」を刊行いたしますのは、人間形成期にある学生・生徒の諸君、職場にある若い世代に精神の糧を提供し、この責任の一端を果たしたいためであります。

ここに読者諸氏の豊かな人間性を讃えつつご愛読を願います。

一九六七年

SHIMIZU SHOIN

【人と思想】既刊本

老子	高橋　進
孔子	内野熊一郎他
ソクラテス	中野幸次
釈迦	副島正光
プラトン	中野幸次
アリストテレス	堀田　彰
イエス	八木誠一
親鸞	古田武彦
ルター	小牧　治 泉谷周三郎
カルヴァン	渡辺信夫
デカルト	伊藤勝彦
パスカル	小松摂郎
ロック	浜林正夫他
ルソー	中里良二
カント	小牧　治
ベンサム	山田英世
ヘーゲル	澤田　章
J・S・ミル	菊川忠夫
キルケゴール	工藤綏夫
マルクス	小牧　治
福沢諭吉	鹿野政直
ニーチェ	工藤綏夫
J・デューイ	山田英世
フロイト	鈴村金彌
内村鑑三	関根正雄
ロマン=ロラン	村上嘉隆 村上益子
孫文	横山　英 中山義弘
ガンジー	坂本徳松
レーニン	中野徹三 高岡健次郎
ラッセル	金子光男
シュバイツァー	泉谷周三郎
ネルー	中村平治
毛沢東	宇野重昭
サルトル	村上嘉隆
ハイデッガー	新井恵雄
ヤスパース	宇都宮芳明
孟子	加賀栄治
荘子	鈴木修次
アウグスティヌス	宮谷宣史
トーマス・マン	村田經和
シラー	内藤克彦
道元	山折哲雄
ベーコン	石井栄一
マザーテレサ	和田町子
中江藤樹	渡部　武
ブルトマン	笠井恵二
本居宣長	本山幸彦
佐久間象山	奈良本辰也 左方郁子
ホッブズ	田中　浩
田中正造	布川清司
幸徳秋水	絲屋寿雄
スタンダール	鈴木昭一郎
和辻哲郎	小牧　治
マキアヴェリ	西村貞二
河上肇	山田　洸
アルチュセール	今村仁司
杜甫	鈴木修次
スピノザ	工藤喜作
ユング	林　道義
フロム	安田一郎
マイネッケ	西村貞二
エラスムス	斎藤美洲
パウロ	八木誠一
ブレヒト	岩淵達治
ダンテ	野上素一
ゲーテ	星野慎一
ダーウィン	江上生子
ヴィクトル=ユゴー	辻　昶 丸岡高弘
トインビー	吉沢五郎
フォイエルバッハ	宇都宮芳明

平塚らいてう	小林登美枝
フッサール	加藤精司
ゾラ	尾崎和郎
ボーヴォワール	村上益子
カール=バルト	大島末男
ウィトゲンシュタイン	岡田雅勝
ショーペンハウアー	遠山義孝
マックス=ヴェーバー	住谷一彦他
D・H・ロレンス	倉持三郎
ヒューム	泉谷周三郎
シェイクスピア	福田陸太郎 菊川倫子
ドストエフスキイ	井桁貞義
エピクロスとストア	堀田彰
アダム=スミス	浜林正夫 鈴木亮
ポパー	川村仁也
フンボルト	西村貞二
白楽天	花房英樹
ベンヤミン	村上隆夫
ヘッセ	井手賁夫
フィヒテ	福吉勝男
大杉栄	高野澄
ボンヘッファー	村上伸
ケインズ	浅野栄一
エドガー=A=ポー	佐渡谷重信
ウェスレー	野呂芳男
レヴィ=ストロース	吉田禎吾他
ブルクハルト	西村貞二
ハイゼンベルク	小出昭一郎
ヴァレリー	山田直
プランク	高田誠二
ラヴォアジエ	中川鶴太郎
T・S・エリオット	徳永暢三
シュトルム	宮内芳明
マーティン=L=キング	梶原寿
ペスタロッチ	長尾十三二 福田弘
玄奘	三友量順
ヴェーユ	冨原眞弓
ホルクハイマー	小牧治
サン=テグジュペリ	稲垣直樹
西光万吉	師岡佑行
ヴァイツゼッカー	加藤常昭
メルロ=ポンティ	村上隆夫
オリゲネス	小高毅
トマス=アクィナス	稲垣良典
ファラデーとマクスウェル	後藤憲一
津田梅子	古木宜志子
シュニツラー	岩淵達治
タゴール	丹羽京子
カステリョ	出村彰
ヴェルレーヌ	野内良三
コルベ	川下勝
ドゥルーズ	鈴木亨
「白バラ」	関楠生
リジュのテレーズ	菊地多嘉子
リッター	西村貞二
プルースト	石木隆治
ブロンテ姉妹	青山誠子
ツェラーン	森治
ムッソリーニ	木村裕主
モーパッサン	村松定史
大乗仏教の思想	副島正光
解放の神学	梶原寿
ミルトン	新井明
ティリッヒ	大島末男
神谷美恵子	江尻美穂子
レイチェル=カーソン	太田哲男
アレクサンドル=デュマ	辻昶 稲垣直樹
オルテガ	渡辺修
西行	渡部治
ジョルジュ=サンド	坂本千代
マリア	吉山登

ラス=カサス	染田 秀藤
吉田松陰	高橋 文博
パステルナーク	前木 祥子
パース	岡田 雅勝
南極のスコット	中田 修
アドルノ	小牧 治
良寛	山崎 昇
グーテンベルク	戸叶 勝也
ハイネ	一條 正雄
トマス=ハーディ	倉持 三郎
古代イスラエルの預言者たち	木田 献一
シオドア=ドライサー	岩元 巌
ナイチンゲール	小玉香津子
ザビエル	尾原 悟
ラーマクリシュナ	堀内みどり
フーコー	今村 仁司 栗原 仁
トニ=モリスン	吉田 廸子
悲劇と福音	佐藤 研
リルケ	星野 慎一 小磯 仁
トルストイ	八島 雅彦
ミリンダ王	森 祖道 浪花 宣明
フレーベル	小笠原道雄
ヴェーダからウパニシャッドへ	針貝 邦生
ベルイマン	小松 弘
アルベール=カミュ	井上 正
バルザック	高山 鉄男
モンテーニュ	大久保康明
ミュッセ	野内 良三
ヘルダリーン	小磯 仁
チェスタトン	山形 和美
キケロー	角田 幸彦
紫式部	沢田 正子
デリダ	上利 博規
ハーバーマス	小牧 治 村上 隆夫
三木清	永野 基綱
グロティウス	柳原 正治
シャンカラ	島 岩
ハンナ=アーレント	太田 哲男
ミダース王	西澤 龍生
ビスマルク	加納 邦光
オパーリン	江上 生子
アッシジのフランチェスコ	川下 勝
スタール夫人	佐藤 夏生
セネカ	角田 幸彦
ペテロ	川島 貞雄
ジョン・スタインベック	中山喜代市
漢の武帝	永田 英正
アンデルセン	安達 忠夫
ライプニッツ	酒井 潔
アメリゴ=ヴェスプッチ	篠原 愛人
陸奥宗光	安岡 昭男